ウールフ、黒い湖

ヘラ・S・ハーセ

國森由美子 訳

Hella S. Haasse

作品社

ウールフ、黒い湖

Nederlands letterenfonds
dutch foundation
for literature

This publication has been made possible with financial support from the Dutch Foundation for Literature and Stichting Isaac Alfred Ailion Foundation.

目次

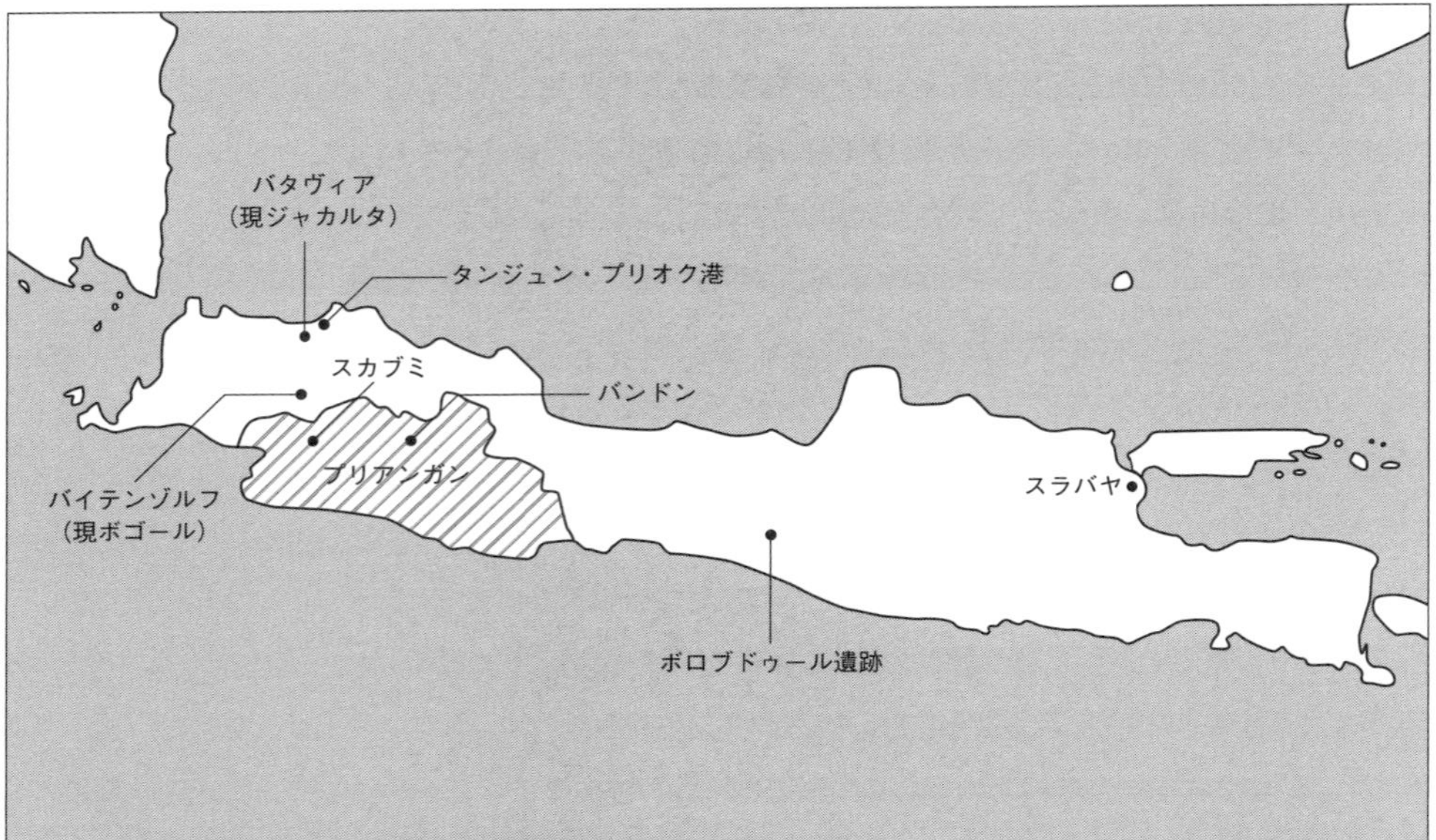

『ウールフ、黒い湖』関連ジャワ島地図

ウールフ、黒い湖

ウールフは、ぼくの友だちだった。子どものころや少年時代を回想するとき、ぼくの心の中には、例外なくウールフの姿が現われる。まるで、ぼくらが昔、三枚十セント玉一個でよく買った、あの魔法の絵カードの思い出と同じように。それは黄色っぽく光るものが糊づけされている紙で、隠れている絵が表に見えてくるまでその上を鉛筆で削り取るのだった。ちょうどそんなふうにして、ぼくが過去に思いを馳《は》せるとウールフも甦《よみがえ》る。まわりの情景が異なっていようとも、また、それが遠い日々でもしばらく前のことでも、過ぎ去ったそのときの思い出を辿《たど》るにつれ、ぼくにはいつもウールフが見える。クボン・ジャティ▼1農園の荒れ果てた庭に、プリアンガン山地奥深い水《サ》田《ワ》の畦道《あぜみち》の、踏み固められた赤褐色の泥土の上に。ぼくらを乗せ、スカブミの小学校へと毎日往復した小さな汽車の暑い車輌の中、そしてその後、ぼくら二人ともが中学へ通っていたころのバタヴィア[2]の寄宿舎の中に。遊びながら山野を探検するウールフとぼく。宿題や切手のコレクション、禁じられた本を上からのぞきこんでいるウールフとぼく……子どもから青年へのあらゆる成長過程をいつも一緒に歩んだウールフとぼく。ウールフは、ぼくの人生にあたかも封蠟《ふうろう》や登録商標《ブランドマーク》のように焼きつけられているとも言える。それは、今このとき、かつてないほどにだ。あらゆるやりとりも、ともに過ごしたあらゆる時間も、永久に過去のものとなってしまった今となっては。ウールフとの関係、ウールフとはぼくにとっていったい何だったのか、今なお何であるのかということになぜ答えを出そうとしているのか、ぼくにはわからない。もしかしたら、ウールフがどうしようもなく不可解な、異なる存在であるということ、子どもや少年には問題を投げかけるに至らなかった分、今はいっそうぼくを苦しませているように思えるあの魂と血の秘密が、ぼくをつき動かしているのかもしれない。

　ウールフはぼくの父の苦力頭《マンドゥール》の長男で、ぼくと同じく、父が支配人をしていた農園、クボン・ジャティで生まれた。ぼくらの年の差は、ほんの数週間だった。ぼくの母はウールフの母親シドゥリスをすこぶる好いていたが、それはおそらく、若きオランダ女性であった母にとって、東インド▼3での生活は初めてであり、人里離れたクボン・ジャティでは同性あるいは同じ人種間の交流もままならず、やさしく陽気なシドゥリスに理解と献身を見出《みいだ》したからだったのだろう。二人がともに初めての妊娠生活を送っていたことから、その絆は強まった。一日のうち、父が茶畑を見まわったり工場の隣にある事務所で仕事をしたりする間の長い時を、母とシドゥリスは屋敷裏のテラスで縫い物を手に親密なやりとりに興じながら、女どうしならではの体験や不安、願望、また、ありとあらゆる細かな感情や思いを語り合っていた。母たちはそれぞれ異なった見方で物事をとらえていたし、また、お互いに相手の言葉をたどたどしくしか話せなかったが、母のネグリジエガウン《ペニョワール》とシドゥリスの腰布《サロン》の下にある二つのお腹の中では、どちらにも同じように生命の神秘が膨らんでいた。ともに過ごすこうした時間が、その後まで——ぼくはチュールで覆われた籐《ラタン》のゆりかごの中で母の椅子のとなりに眠

▼1 （3頁）農園の名称だが、本来クボンは庭園、ジャティはチークの意味。
▼2 現ジャカルタ。
▼3 旧オランダ領東インド、現インドネシア。

り、ウールフはバティック柄のスレンダン▼4に包《くる》まれシドゥリスの背で揺れていたにしろ——あり続けたのも尤《もっと》もなことだ。ぼくが記憶の中から呼び起こすことのできる一番最初の風景の中には、裏のテラスの大理石の柱の間で白い繕《つくろ》い物の山に取り巻かれた二人の女性の姿が見える。ウールフとぼくは、縞模様《しまもよう》の布でできたおそろいの遊び《ハンソッ》着《プ》を着て、裏のテラスの通路を縁取《ふちど》るシダの鉢植えの間をはいまわっていた。周囲には、鮮烈な赤や黄、オレンジの光彩が風にゆらゆら揺れていた——後年になって、それが裏庭にぎっしりと植えられていたカンナだったことをぼくは知った。ウールフとぼくは、砂利の間からなんとなく透きとおって見える小石を探したが、それは、現地人たちが擬宝石のようになるまで研磨する石だった。空中は飛びまわる虫たちの翅音《はおと》に満ち、使用人部屋の裏手に突き立てられた竹棹《たけざお》に下がる鳥かごの中では、ハトたちがクークー鳴いていた。犬が吠え、ニワトリは鳴きながら庭を走りまわり、井戸のほうでは水音がしていた。山々から渡ってくる風は涼しく、それは、さらに向こうにある村《デサ》の煙の匂いもかすかに運んできた。ぼくの母は、色つきのグラス——ぼくには赤、ウールフには緑——に、バニラシロップを注いでくれた。グラスの縁に氷が当たって澄んだ音をたてた。バニラの香りを嗅ぐとき、ぼくの脳裏には必ずやこの光景が浮かんでくる。砂利の敷かれた通路で、バニラシロップを一心に味わいながら飲んでいるウールフとぼく……風に揺れるシダや花々、日なたの庭の朝のあらゆる物音。

母は、ぼくの生まれた二年後に流産し、以後は不妊となった。シドゥリスには次から次へと子どもが生まれていたにもかかわらずウールフがもっぱらぼくの遊び相手であり続けたという理由は、おそらくそのあたりにあったのだろう。裏のテラスの時間には終わりがやってきた。そこには時おり、母がひとり、手紙や縫い物を手にして座っていたが、それよりも、寝室の薄暗い中で、濡れたハンカチを額に乗せ、籐の寝椅子にあおむけに凭《もた》れている姿を見ることのほうが多かった。ぼくは、庭や垣根の外、集落《カンポン》や茶畑に隣接するあたりをぶらぶらし、ウールフのもとでおもしろそうなことを見つけて過ごした。苦力頭《マンドウール》の家、つまり、シドゥリスやウールフの弟や妹たちのところで日がな一日過ごすということもしょっちゅうだった。ウールフたちは、集落《カンポン》で唯一の石作りの家に住んでいた。その敷地は川に面しており、川幅が狭《せば》まっているそこには、大きな石塊がごろごろしていた。ぼくら子どもは、石から石へと飛び移ったり、

▼4　多様な用途に使える大きなショール様の布。

クリスタルさながらに澄んだ水が石の間で静止してため池のようになっている浅瀬を歩きまわり、ピンク色や黄緑色をしたカニやイトトンボなどの生きものを探したりした。水たまりの上の岸辺にそって密生する茂みの下は虫でいっぱいだった。裸ん坊の幼児らがうす茶色の泥の中にじっとしゃがみこんでいる間、ウールフとぼくは、枝垂《しだ》れている緑の茂みの薄暗い場所を棒きれで突っつきまわしていた。当時、ぼくら二人はともに六歳くらいだった。背はぼくのほうが高かったが、痩身で筋肉のついたウールフのほうが大人びて見えた。ウールフの肩甲骨から両側がいくらか平たく引き締まったその細い腰へ下りる線には、工場や水田《サワ》で働く成長期の少年や若者たちに見られるのと同じ、何気ないしなやかさがすでに具《そな》わっていた。ウールフは柔軟なつま先をぎゅっとまるく曲げて石や木の枝の上に蹲《うずくま》り、ぼくより姿勢も確かなら、バランスを失ったときの反応も機敏だった。もっとも、当時のぼくは遊びに夢中で、このようなことはぼんやりと意識していたにすぎなかった。ただ、自分のそばかすや、激しい陽射しに当たると赤くなり皮がむけることが嫌で、以前罹《かか》った皮膚病のピンク色の瘢痕《はんこん》がいくらか認められるほかはどこも均等なウールフの褐色の肌がうらやましかった。ウールフの顔は、母親のシドゥリス同様、扁平で幅広だったが、そこには、シドゥリスの魅力を大いに引き立たせている柔和な朗らかさはなかった。思い出せるかぎりでは、ウールフの目からは、まるで自分以外の何者にも聞こえない物音や合図でも待っているかのような、張りつめた、探るような眼差しが消えることは決してなかった。ウールフの瞳は、まわりの白目さえも翳《かげ》って見えるほど黒かった。嬉しいときも怒るときも、ウールフはいくらか目を細めたが、すると、その瞳のきらめきは短く硬いまつげの環《わ》の陰に隠れるのだった。おおかたの現地人のように、大口を開けて笑うということを、ウールフは決してしなかった。喜びをこらえきれないときには、顔をしかめ、黙って体を前後に揺さぶっていた。概して、ウールフが愉快に思うことはぼくとは異なっていた。ぼくが、川《カリ》でとびきり上等の獲物——貝のような淡いピンク色の渦巻き模様のあるカニや透明なサンショウウオなど——を捕らえ、石の上を飛びまわって喜んでいるときには、ウールフは張りつめた暗い眼差しでわずかに鼻翼を広げ気味にし、獲物をじっと見つめているだけだった。ウールフは生きものを扱うのがうまく、捕らえたり運んだりするのに怪我をした試しは一度もなかった。できれば、そんな獲物を箱やガラスで蓋をした缶に入れてとっておきたいとぼくは思った——母は、生来の生きもの嫌いを克服することはなかったものの、ぼくのコレクションを離れの一棟に置いておくことを許してくれた。しかしウールフは、この飼育小屋の定期的な世話や管理に楽しさを感じはしなかった。ぼくが関心を示し始めると、ウールフは興味を持たなくなるのだった。ウールフは、カニを藁《わら》でつついて攻撃態勢になるまでからかうのが好きだった。中でも一番おもしろがっていたのは異種の生きものを戦わせることで、ウールフは川ガニやリクガニにヒキガエルをあてがって力くらべをさせたり、毒蜘蛛《どくぐも》とサンショウウオ、スズメバチとイトトンボとを対決させたりした。ここに残忍さを云々するのはおそらく行き過ぎだろう。ウールフは残忍なのではなく、ただ、西洋人がなかば同胞意識から生きものの命を奪わず尊重するというような感覚を持ち合わせていなかっただけの話なのだ。この闘士たちの対戦の観客であるぼくが、一つには興奮から、また一つには罪の意識と嫌悪感にかられて叫び声をあげると、ウールフはびっくりしてぼくを脇から見つめ、なだめるようにスンダ語でこう言った。「なんだっていうんだよ？　たかが虫けらじゃないか」

ぼくらは裏庭の果樹の間をすりぬけながらの狩猟ごっこ、あるいは探検ごっこが大好きだったが、もっと心躍るのは、河原の石の上で遊ぶことだった。父が出張中で、母がだんだん頻繁になる頭痛の発作に苦しんでいるときには、午後はウールフの家で食事をした。急に老けこみ、何度ものお産の後いくぶん体のたるんだシドゥリスは、裏庭にある厨房に何人かの女家族とともにしゃがみこみ、米と肉入りのクレープを高温の油で揚げた。子どもたちはそのまわりに座り、シドゥリスがバナナ《ピサン》の葉の上に分けてやったものを黙って貪《むさぼ》り食べた。痩せたニワトリはこぼれた米をついばみ、年中疥癬《かいせん》にかかっている黒い犬は、ぼくらが立ちあがるのを待ちながら、いくらか離れたところをうろついていた。ぼくは、ウールフの家や、シドゥリスが髪の髷《まげ》につける椰《ココ》子《ナッツ》油の匂い漂う家の中を、わが家のように感じていた。表のテラスには、ぼくの母からのプレゼントの、ゆったりした古いロッキングチェアが何脚か置かれていた。紙の小さな扇子がいくつかと雑誌のカラーの切り抜きが数枚、竹編み細工を白塗りにした内壁にピンでとめてあった。一番きれいだと思ったのは、二つの寝室への出入り口の目かくしとなっている、日本のビーズのカーテン▼5だった。それは海緑色《マリーングリーン》の木々にさくら貝色の花咲くさまを前景に、この世のものとは思えないような碧色《ターコイズブルー》でフジヤマという山を意匠したものだった。その仕切りをくぐると、ビーズの連なりは神秘的な音

▼5 暖簾《のれん》のこと。

をたてながらぼくらの背後で閉じるのだった。ウールフの祖父は、縞模様のコットンのパジャマを着、腰布《サロン》をまくりあげて肩にかけ、日がな一日、ロッキングチェアの一脚に座って日々を過ごしていた。惚《ぼ》けていて、うなずいたり、蒟醤《キンマ》噛[6]みの習慣で暗赤色に染まった歯根を見せて笑ったりするほかは何一つしなかった。家の前は庭になっていて、残りの集落《カンポン》との境が白塗りの低い塀で隔てられていた。ウールフとぼくは、ぼくの家の庭師たちの見よう見まねで、赤みがかった土の間に花壇を作った。でも、ぼくらのは、形のそろった白い石やきれいな模様の鉢植えではなく、濃淡の緑に光るガラス瓶の首を下向きにして地中に埋め、瓶の底が土から突き出すようにしてこしらえたものだった。シドゥリスの家の庭には草も木も生えていなかったにしろ、ぼくらの花壇の見ばえは悪くなかった。時には、ウールフがぼくの家に来ることもあったが、そんなときのぼくらは二人とも楽しくなかった。粗野な遊びは母のことを思うと問題外だったが、そうかといって、ブロック遊びや絵本を眺めてすごしていられるほどぼくらはおとなしくなかった。雨期に、庭が湿地のようになり山の小道が谷川に姿を変えてしまうと、ぼくらは裏のテラスの通路に座り、軒下へつたわり落ちる雨水がはね上げる水煙につま先を差し出した。屋根の雨どいから吐き出された水は単調に陰気な音をたてながら溝《ソロカン》や井戸にザーザー流れこみ、カエルは日がな一日鳴いていて、それをのぞけば、山の頂《いただき》を覆いかくす低く垂れこめた鉛色の雲の下に聞こえるものは何もなかった。この時期には、父が家にいることも多かった。父は自分の書斎にしている中の間で、時には母とともに、しかし、たいていは一人で過ごしていた。ウールフとぼくは、両親が食事をする時間とは別にテーブルにつき、乳母《バブ》に食事の世話をしてもらった。晩にだけ、ぼくも父母と一緒に食事をすることがあったが、そんなとき、寛《くつろ》いだ気分になることは決してなかった。低く垂れさがったランプの下のテーブルは、だだっ広い裏のテラス上のさびしい孤島のようだった。両親は、時おり声を抑えて言葉を交わしたが、それはたいてい家事に関することや、工場、あるいは従業員の問題についてだった。下男《ジョンゴス》は、折り目も爽《さわ》やかな頭の布を冠のように被り、食卓と食糧貯蔵室とを無言で行き来しながら給仕していた。下男《ジョンゴス》がぼくのそばにかがむと、腰布《サロン》と白い上着に染みついた、タバコの甘い香りと洗濯のりとの混ざり合った匂いがした。時おり父は、いい子にしていたかね、昼間はなにをしていたのかね、などとたずねる

▼6 檳榔《びんろう》の実や葉をタバコのようにして噛む習慣。

こともあった。こんな質問に身構えずに答えることは決してできなかったが、それは、そうすれば、その後にたいてい両親の口論が続くことがわかっていたからだった。父は、ぼくがいくらかたどたどしく話す遊びや冒険の報告を眉間に皺を寄せ、不機嫌に聞いていた。ぼくが沈黙すると、父はきまって「この子は、集落《カンポン》の子じゃないんだぞ」と言った。「こんなことではいかん。この子はまともなオランダ語を少しも話さないじゃないか。わからないのか？　これではまったくの東インドぼうず《カチャン》▼7になってしまうぞ。なぜ、家に置いておかないんだ？」

「この子は学校へやらないといけないのよ」あるとき、このような説教にたまりかねて母は言った。「この子はもう六歳なのよ。どうやって家に置いておけというの？　することがなくては、遊ばなければならないのに。ここには他に誰も子どもがいないのよ。この子はいつもひとりぼっちだわ」

「ウールフがいるよ！」ぼくは、ぼくの親友をなおざりにする母に憤り、こらえきれずにぶちまけた。母は肩をすくめた。

「この子が話すような言葉で入れる学校など、一つもないぞ」と、父は言った。「一言おきにスンダ語になっているじゃないか。この子は、まず第一に、オランダ語できちんと物を言うことを学ばねばならん」――この先の議論の場にぼくは居合わせなかったが、それから何日か経ったある日の午後、工場の若い従業員がやってきた。その従業員は、あとで聞いたところによれば、もともとは小学校の教師になる勉強をしたとのことだった。ぼくは、スカブミにある小学校に通うべく特訓を受けるようにと、はっきり言い渡された。ぼくは必死に抵抗した。外では、庭にウールフが待っていた――新しく家庭教師が来たとき、母が下がらせていたのだ。使用人部屋が視界に入らないようにと植えている生け垣の間に、ウールフの真っ赤なトリコットのシャツが動くのが見えた。ぼくらは、アリ地獄を掘り出す約束をしていたのだった。母が青年と話している間、裏のテラスから逃れようとしたが、それは無駄な試みだった。ぼくは椅子に座らされ、オランダ語よりも馴染《なじ》んでいるスンダ語になってしまわないようにして質問に答えなければならなかった。ウールフは裏のテラスの通路のところまで来て、びっくりしながら無言で中の様子を見つめていた。そしてレッ、ス、ン、が終わるまで、

▼7　カチャンはピーナッツの意。原地はその有数の産地である。ここでは、原住民という意味で用いている。

不動のまま、そこにずっと立ちつくしていた。

その晩ぼくが眠る前、そんなことはめったにしない母が、ぼくの部屋にやってきた。乳母《バブ》にかしずかれつつ、ぼくが恥ずかしそうに服を脱ぎ体を洗っている間、母は、ボリンガー先生との時間は、学校が始まる月、つまり、八月になる前まで続く予定だと言った。ぼくは、じっと椅子に座らされ質問を受けている自分を思い浮かべ、学校には行きたくないと言った。母は、これからの学校生活にどんな楽しいことが待ち受けているかを列挙してみせたが、読み書きや計算を習うのを想像してみても、大しておもしろいとは思えなかった。

「ウールフも一緒に行く?」母が話し終わるとぼくはきいた。母はため息をついた。花柄のキモノを纏《まと》い、欠かさずつけているオーデコロンの香りを漂わせながらベッドの隣の低い籐椅子に座っていた母は「そんなこと、できるわけないでしょう?」と、湿らせたハンカチをこめかみに当てながら苛々《いらいら》して言った。「馬鹿もほどほどにしなさい。ウールフは、しょせん原住民の子じゃないの」

「ウ、ウールフは、学校に行かなくてもいいの?」ぼくは食いさがった。母は立ち上がり、ぼくの頬にさっとキスをした。そして、曖昧に「もしかしたら、行くかもしれないわね……もちろん、違う種類の学校にね。さあ、もう寝なさい」と、言った。ぼくはベッドによじ登り、乳母《バブ》はまわりの蚊帳《クランブ》を閉じた。「ぼく、シドゥリスに頼むんだ……」蚊帳《クランブ》の編み目ごしに母を見ながら、ぼくはベッドの足元のほうにしゃがんで切り出した。母はドアのところに立ち止まっていた。「もう、集落《カンポン》へ遊びに行ってはだめよ」頭痛の兆候を示す、いくぶんぴりぴりとした神経質な調子で母は言った。「お父さまのお気に召さないから。ウールフをここに来させなさい、そうしたければね。おやすみ」

そして、そういうことになった。その気になれば、特に父が不在のときには、川へ、あるいは、いつでも歓迎してくれるシドゥリスの住居へ逃亡するチャンスはいくらでもあったが、それでもやはりたいていは、ウールフがぼくの家へ遊びに来た。ぼくらは庭の果樹の実をむさぼり取ったり、荒れ放題になっている裏庭の灌木の間でありとあらゆる生きものを追いかけまわしたり、雨の日にはテラスの柱の間にしゃがみこんで、今ではもう思い出せないようなさまざまなことをしたりした。ボリンガー先生がレッスンに来ると、ウールフはずっと周りにいた。そして、少し離れて地べたに座り、ぼくらから一瞬たりとも目を離さなかった。ウールフは、ぼくが学校に通うという知らせをいたって冷静に受け止めた。ただ、では汽車に乗って行くのかとだけ質問し、そうだと答えると、シュッシュッポッポという蒸気機関車の真似《まね》に夢中になった。学校やボリンガー先生については、それ以上の言葉は交わさなかった。ウールフがレッスンの場に一緒にいるのは、ウールフもぼくも当然のことのように思っていた。母は、ボリンガー先生の来ている間、時おりやってきては、一、二度ウールフを追いやろうとした。ウールフはおもむろに立ち去ったが、しかし十五分もすれば、裏のテラスの通路に置かれた植木鉢の間にふたたび立っていた。

父は、ぼくの語彙が増えたという進歩については満足しているようだった。それでもぼくは、その後の学校生活の中でもかなり長い間ずっと、オランダ語よりもスンダ語のほうに流暢な者が持つ、きつい訛《なま》りが抜けないでいた。月日が過ぎ、通学の準備が始まった。現地人の年老いたお針子が中の間で足踏みミシンに向かい、母の指示に従ってコットンの遊び着《ハンソップ》に代わるものとなるズボンやシャツを仕立てた。中国人が、ぼくのサンダルのサイズを測りにやってきた。最後に、父が通学カバン他一式を携えて出張から戻ってきた。ぼくは、すっかり支度を整えた自分をウールフに見せた。ウールフはぼくをしげしげと眺め、石筆箱の中身を観察し、そしてもう一度、毎日汽車に乗っていくのかときいた。

ある晩、母は珍しくよそゆきに身を包んで髪を結い、家の中を歩きまわっていた。中の間には小さなランプの火がいくつも灯り、下男《ジョンゴス》たちはスナックの小皿をテーブルに並べていた。来客があるのだとぼくは聞かされた。それは、バタヴィアから来て近くの農園に逗留中だという紳士淑女が何組かと、ボリンガー先生だとのことだった。

「いいえ、レッスンはないのよ」と、母は鏡の前に立ったままそれをのぞきこみ、微《ほほ》笑《え》みながら言った。「おりこうさんにしているなら、一緒に食事をしてもいいわ」乳《バ》母《ブ》はぼくに通学用の服のうちの一着を着せてくれた。普段とは違う状況に大いに圧倒されつつ、ぼくは家の前で客たちを待った。ちょうど陽が沈み、庭を囲んで立つ木々は、西にたなびく茜色《あかねいろ》の雲の群れに向かってくっきりと輪郭を浮かびあがらせていた。山々の頂はまだ明るかった。眠くなるような虫たちの翅音が、灌木や樹木の下の暗がりから聞こえていた。集落《カンポン》では、中をくりぬいて空洞にした木の幹を叩き、夜の到来を知らせていた。地平線上に薄れていく光を見つめているうち、ぼくはこれまで感じたことのない厭《いや》な気持ちにとらわれた——なぜなら、ぼくは学校へ行かなくてはならなかったから、あらゆることが変わろうとしていたから。当時の自分が、すっかりこのとおりに意識していたのかどうかはわからない。あの憂鬱な気持ち、漠然とした苛立ちに、ぼくは今、後から解釈を加えようとしているのかもしれない。

　下に見える大きな通りでは、自動車が曲がりながら門をくぐり抜け、しばらくするとテラスの通路の前に停まった。母が出ていき、客たちに挨拶した。父は客たちと一緒だった。食事中のことでぼくが覚えているのは、両親がこれまでになく喋《しゃべ》り、笑っていたこと、そして、ぼくはそれに驚いて、食べるのをほとんど忘れそうだったということだけだ。ライスターフェル▼8の晩餐の後、皆が中の間に集まっていると——ぼくは、蓄音機のキャビネット脇の床に目立たないよう座っていた——客のうちの誰かがタラガ・ヒドゥン、つまり、山の高いところにある〈黒い湖〉までドライブに行こうと言い出した。その名を聞くと、ぼくの胸は動悸を打ち始めた。ウールフとぼくの空想の中では、その山の湖が大きな役割を果たしていた。それは、主として、湖をめぐり語り継がれている謎めいた話からきていた。原生林の奥深くにあるタラガ・ヒドゥンは、邪悪な霊や死霊の集《つど》う場所だというのだ。そして、そこにはコンベル婆なる老婆に化けた吸血鬼が棲《す》み、死んだ子どもたちを待ちぶせている。

シドゥリスと同居する女家族のひとり、サティという名のウールフのいとこは、〈黒い湖〉にそれぞれどこかしら関連のある言い伝えを、恐怖心をあおるような方法で巧みに話した。ぼくらの想像力は、たくさんの怪物や死者の霊が跋扈《ばっこ》する、漆黒の水面を描きだした。後に、ぼくらが大きくなったらそこへ行ってそいつらと戦うはずだった。遊び疲れたり、驟雨《スコール》をさけて一緒にしゃがんでいたりするときなど、ぼくらは来たるべき身の毛もよだつような遠征について、恐怖に震えながらあれこれと話しあったが、だからといってそれが嫌だと思っていたわけではなかった。ぼくは、ごく幼いころに一度タラガ・ヒドゥンへ行ったことがあったが、その遠出の旅から思い出すものは、水着姿の父のほかには何もなかった。湖は頻繁に出かけるというわけにはいかないほど遠くにあったものの、農園の従業員の水泳プール代わりとなっていた。今、ボリンガー先生は、その湖へ泳ぎにいこうと、木々の葉陰の向こうに見える赤橙《オレンジ》色《レッド》の円盤のような満月を指さしながら提案しているのだった。これにはたくさんの賛

▼8　オランダ領東インド時代にオランダ人宅での豊かな食事として発展した現地の食材・スパイスを用いた料理。

同の声が集まった。皆が立ち上がる中、ぼくは隠れていた場所から這《は》い出し、母のドレスの裾を引っぱった。母の顔は紅潮し、その瞳は輝いていた。その晩、結いあげた髪に長く垂れ下がった耳飾りをつけた母を、ぼくは不思議で、そして美しいと思った。「あら、まだ寝ていなかったの？」母はうわの空で微笑みながら「一緒に行きたい？」ときいた。腕いっぱいにタオルなどを抱えて寝室から出てきた父は、眉をひそめて反対の意を示したが、残りの人々はにぎやかに笑いふざけながら——テーブルには空のグラスが林立していた——ぼくも一緒に行けるように取りなしてくれた。ぼくは緊張に震えた。ウールフが一緒でないのが残念だったが、他方では、ぼくがまずはじめに遠征に行くのだという誇らしさと興奮とに満ちていた。たとえそれが、大人たちの保護のもとにあったとしても。そんな大人たちの、まるで行楽にでも出かけるかのような暢気《のんき》な朗らかさに、ぼくはひそかに驚嘆していた。小間使いの少年が、ウールフの父親、ドゥポを呼びに苦力頭《マンドウール》の家へ使いに出された。なぜその必要があるのかぼくにはわからなかったが、そのわけも、また、ウールフも一緒に行ってもいいかなどということも、もし間際になって家に置いていかれたらと思うとたずねる勇気は湧かなかった。結局、ぼくらは全員、車に乗りこんだ。ぼくはボリンガー先生の膝に凭れかかった。車の両側の踏み板には、ウールフの父親とわが家の庭師、ダヌが立った。こうしてぼくらは出発した。ぼくは、ドゥポを見た。ドゥポのことはそれほどよくは知らなかったが、自分の父親に対してとほぼ同じくらい畏敬の念を抱いていた。ドゥポは、ぼくがこれまで会ったうちで一番美しい現地人で、すらりと背が高く、まれに見るほど彫りの深い顔立ちをしていた。ドゥポは、片手を車にかけるかどうかくらいの姿勢で、踏み板に直立していた。月の光がドゥポのぱりっと糊のついた白い上着を照らしていた。ぼくには、ドゥポが車内の騒がしい一行を非難し軽蔑しているかのように思われた。客のうちの一人は、何度も笑いの渦に中断されながら、ぼくには意味不明の話を長々としていた。母は、ボリンガー先生と車の片側との間の隅でゆったりと背を凭れ、外側に折り畳《たた》まれた幌に頭をあずけていた。その頬に笑い涙が光っているのが見えた。家庭教師のひざに寄りかかって立っているのが窮屈になったぼくは、家庭教師と母との間の座席の縁に座る場所を探そうとした。そして、母のドレスの裾を脇へ寄せたそのとき、母がボリンガー先生の手を握っているのを発見した。夜空は鋼青色《メタリックブルー》で、満天の星だった。月はさらに高く、赤みを失っていた。大きく湾曲しながら山の斜面にそって登る道の両脇の草や竹林に、風がざわざわと音をたてていた。

時おり、あたりの景色を眺望できるようなひらけた場所に出た。黒々とした樹木群の間で水田《サワ》は白く輝き、村《デサ》の家々の灯がかすかにちらついていた。形のそろった灌木が長い列をなす茶の畑は、上から見ると、月あかりのもとに羊の群れがきちんと並んでじっと動かずにいるように見え、ただそのところどころに、合歓《ねむ》の木の軽やかな葉が影を落としていた。

さらに車を走らせるにつれ、水の流れ落ちる音が次第にはっきりと聞こえてきた。一方が切り立った崖になっている山壁の苔《こけ》むす岩の間には、いく筋かの小さな流れがきらめき、それは道ぞいの小川に注ぎ込んでいた。空気は冷たいほどで、この高所には湿った土と朽葉の香りが漂っていた。道のカーブのところからは原生林が始まっていて、ぼくらは笑いと悪ふざけに興じつつ、その暗闇の中へと車を走らせていった。ぼくは、深夜の音に満ちた周囲の闇に怯《おび》えながら、車の奥底に蹲っていた。ただ、踏み板の上で微動だにしないドゥポのそばにいるということだけが、ぼくに安心感をもたらした。ぼくには、騒いだりはしゃいだりしているほかの人たちは、この悪魔に満ちた王国の危険を認識していないように思われた。でも、ドゥポは知っている。頭上の緑葉の屋根から月の光が差し込むたび、何度もそのくっきりした輪郭の横顔を見上げながら、ぼくはそれを確信していた。車が止まり、皆は車から転がり出た。ぼくは、懐中灯を持ち下草の茂みの中を先導するドゥポにぴったりくっついていた。ぼくらは、道幅の狭い、石でごつごつした急勾配の小道を登っていった。まわりはざわめいていて、まるで、目に見えない大勢の者たちがぼくらと同時に山を登っているようだった。頭上の木の枝で何かが飛びあがった。「ムササビです」ドゥポは自分の腰布《サロン》をしっかりと摑んでいるぼくに言った。「コンベル婆じゃない？」と、なおも恐怖に震えながらぼくは囁《ささや》いた。「違いますとも！」ドゥポの声がそっけなく、しかし毅然として響いた。「若旦那《シニョ・ブサール》さまは、とっくにお休みでおられたほうがよろしゅうございました」ドゥポは立ちどまり、ほかの人たちがぼくらに追いつくことができるように、懐中灯で道を照らしながらくるりと向きを変えた。皆は一列になって、次々に上へ登ってきた。母と、母をエスコートするボリンガー先生が最後だった。ぼくらはさらに、あたかもドゥポの懐中灯だけが一条の光を貫く暗闇のトンネルのような中を進んでいった。ぼくは黙ってドゥポの隣について歩き、茂みの中の物音への恐怖に精いっぱい耐えていた。「ウールフは、学校に行かないの？」ようやく、ぼくは口を開いてきいた。この闇夜の世界の中でウールフのことを考えるのは、現実に立ちもどるためのよりどころとなるように思われた。「どうでしょうかな……」と、ドゥポは答えた。

遠くにぼんやりと薄明かりが見えた。近くまでくると、それは月の光だということがわかった。それは、樹木の葉の間から下方のひらけた場所へと光の束となって射し込んでいた。「あそこがタラガ・ヒドゥンです」と、ドゥポは静かに言った。ぼくの心臓は喉から飛び出しそうに鼓動を打っていたが、もはや引き返すわけにはいかなかった。父とほかの紳士二人が、湖への一番乗りを賭けて走り出した。そんな大人たちをぼくは恥かしく思い、すべりゆくような影を左右にこわごわ窺《うかが》っていた。走る人たちの大きな笑い声が遠くに鳴り響いた。母、ボリンガー先生、そしてもうひとりの淑女も、いまやぼくらを追い越していた。庭師ダヌは、ぼくのもう一方の側に黙って並んでいた。ぼくらは月光の中を湖畔へと歩いていった。ぼくは、がっかりした気分にとらわれた。そこで目にした湖は、夢に描いていたような黒く広大な水面ではなく、垂直にせりあがり、原生林の生い茂る山壁に四方をとり囲まれたプール、ほとんど池に過ぎない程度のものだったのだ。羽毛のような、ふんわりした木々の樹冠は、月あかりの中で水色に輝いていた。湖は円錐の先を切り落としたような形をした花瓶の、その光る底のように見えた。水面、とりわけ岸に沿ったところには、水生植物が漂っていた。樹木の葉や蔓《つる》が水中まで枝垂れていた。原生林の中の虫たちの千々の翅音や夜行性の動物たちの鳴き声は、この圧倒されるような静けさの一部をなしているかのようだった。山頂の上空には、星々が氷のように冷たい光を放ち、瞬《また》いていた。ぼくは、枝葉が水面に触れている湖の向かい側の黒い岸辺をじっと見つめた。そこに邪悪な霊たちがひそみ、今にも襲いかかろうとしているのがたやすく想像できた。ドゥポとダヌが少し離れた暗がりへ分け入っていくと、ぼくは躊躇《ためら》いながらも、母やほかの皆と一緒にいることにした。すると、そのときようやくウールフの父親とぼくの家の庭師が行ってしまったわけもわかった。ゆるやかな水音が聞こえ、二人の男に棹で操られた竹小屋の建てつけてある筏《いかだ》が、すべるように岸辺に近づいてきたのだ。水際《みぎわ》の一番ぬかるみの少ない場所からぼくらは筏に、何本もの竹筒の上に薄い板を渡したその板床にあがった。女性たちが古ぼけた籐のベンチに腰かけ、男たちが水着一式を手に小屋の中へ姿を消すと、筏はゆっくりと湖の中ほどへ進んでいった。ダヌはあちらこちらを歩きまわり、棹を操った。ドゥポは低い声で指示を与え、泳げそうな場所を探して時おり深さを測った。父やその客たちは、竹小屋の中でにぎやかに笑っていた。ぼくは、女性たちの座るベンチの隣に立ち、月に照らされた葉の動きや音の、その一つ一つが超自然的に思える岸辺のほうをじっと見ていた。泳ぐなど、危険でばかげた行為のように思われた――サティは、湖は何千メートルもの深さで、そこは大蛇の棲み家だと話してはいなかっただろうか？　それとわかる理由もなく、水面に何度も輪が生じ、広がっていくその波紋の中には月の光がきらめいていた。水中でなにかが動いた？　筏のすぐそばに白いものが浮かび上がったとき、ぼくは恐怖のあまり悲鳴をあげたが、それがこっそり水の中に滑り込んでぼくらを驚かせようしたボリンガー先生だったとわかったときのほかの皆の陽気さも、ほんのわずかにぼくを安堵させたに過ぎなかった。男たちの体は、月あかりの中で白く揺らめいていた。男たちは、次々に水に飛び込んでは鼻息を吐き出しながら浮きあがってきた。山中のお椀のようなプールは、突如として、響きわたる声や水しぶきの音に満ちた。皆がそんなに暢気なのが、ぼくには理解できなかった。ダヌは、筏がほぼ同じ場所に浮かんでいるように操っていた。ドゥポは竹小屋の陰にしゃがんでいた――ぼくには、暗闇にそのタバコの火が点っているのだけが見えた。ドゥポの寛いだ姿は、ぼくをいくらか落ち着かせた。ぼくはドゥポの隣に座った。「コンベル婆は子どもを食べるって、ほんと？」と、ぼくは囁くように聞いた。「ああ、もう」ドゥポは、苛立ちを抑えきれない声で答えた。

そして、ぼくの言ったことにはそれ以上取り合わず、前かがみになって湖の中の男たちへ注意を呼びかけた。「水草が」ぼくに言い聞かせるようにしてドゥポは言った。「泳いでも大丈夫なのは、筏の周りだけです。水草が人を捕らえて絡《から》みついてしまう、それで溺れるんです。わたしはタラガ・ヒドゥンをよく心得ています」ぼくは、魅入《みい》られたように湖を見つめ、父が早く無事に筏にあがってくるようにと願った。さほど時間はかからなかった。更《ふ》けゆく夜の寒気が、泳いでいる者たちを筏にあがらせたのだ。男たちは体をタオルでぬぐいながら、筏の上で鼻息荒く足踏みしていた。そのあと、大はしゃぎになり、女性たちの座っている籐のベンチのまわりで馬とびをしたり追いかけっこをしたりしはじめた。床板はきしみ、筏全体がぐらついて鈍い音をたてた。ドゥポが大声を出した「気をつけて！　竹は古くなっています！」しかし、誰もそれを聞いていなかった。ほかの皆がボリンガー先生をヨナごっこ▼9で水に放り投げようとすると、先生は小屋のほうへ逃げ、平たい屋根によじ登った。父と二人の客たちもそのあとに続いた。女性たちは声援を送っていた。この追いかけっこにぼくは夢中

▼9　両手足を持って水に投げ入れる子どもの遊び。旧約聖書のヨナ書由来。

になり、ボリンガー先生がいかに逃げるのかを見とどけようと、小屋のまわりを筏の外縁の際まで歩いていった。その後のことは覚えていない。竹が裂けて折れる音、取り乱した叫び声が聞こえ、ぼくは前のめりになり、氷のように冷たい闇へと落ちていった。

気がついたとき、ぼくは自分のベッドに横たわっていた。白い霧のような蚊帳《クランプ》のむこうに小さい灯がともっているのが透けて見えた。父が足元に立ち、ぼくをじっと見つめていた。いったい何が起きたのか、わからなかった。はじめは、あの月あかりと湖は夢だったに違いないという気がしていたが、毛髪は湿っていて、口の中にはまだ泥水の味がするように思われた。ぼくは体を動かし、声をあげた。父が蚊帳《クランプ》を開けると、その背後に湯気の立った液体のグラスを手にした乳母《バブ》の姿も現われた。ぼくは父に凭れてそれを飲むと、すぐにまた眠りに落ちた。そして、何日も経ってはじめて、事の一部始終を聞かされた。もとより重量オーバーになっていた筏は、竹小屋上の悪ふざけに耐えきれなかった。古びて朽ちかけていた板は、はしゃぎまわる男たちの体重を支えきれず、一方だけに重心がかかった筏のその部分が壊れ、傾いて水没したのだ。激しい衝撃を受け、裂けた竹の棘《とげ》や木材の鋭利な部分で傷を負いながらも、皆は即座に水面に浮かび上がった。ぼくだけが行方不明だった。ドゥポはぼくを探そうと、木の破片や枝編み細工の漂う中に飛び込んだ。そのあと程なくして、父が、小屋の竹壁が裂けた狭間で窒息しかけていたぼくを見つけた。それから皆は、筏の残骸に乗って岸に着いた。

「それで……ドゥポは？」と、ぼくはきいた。なにか恐ろしいことへの予感に、ぼくの心臓は動悸を打っていた。

「ドゥポは水草に絡みつかれてしまったんだ」父は、ゆっくりと小声で、まるで、ぼくに聞こえなければいいと願ってでもいるかのように言った。「ドゥポは死んだ」

これ以上の大きな惨劇がぼくを見舞ったことはなかった。なによりも、ドゥポがぼくを探して命を落としたとわかったことが、ぼくに重くのしかかった。あの晩、湖でドゥポが話してくれた水草のことが頭から離れなかった。昼夜お構いなくいつ何時《なんどき》でも、べったりと粘りつく茎の間でもがいているドゥポの悲惨な幻影がぼくを苛《さいな》んだ。悲鳴をあげながら、ぼくは何度も眠りから覚めた。熱に浮かされる中、ベッドのそばに人々の姿があるのが目に入った。母、頭に包帯を巻いたボリンガー先生、そして父。

しまいにはウールフも一度やって来たが、ぼくらはほとんど言葉を交わさなかった。ウールフは、大人たちのいる前で不自然に沈黙しはにかんで、病気のぼくや薄暗い寝室の雰囲気に圧倒されていた。ぼくは、ウールフの父親の死の原因は自分にあるのだという思いに苦しんだ。ぼくらは黙っておたがいを見つめていた。母が説明しながら言った。「ウールフはさよならを言いに来たの。お引越しするのよ」そして、そのときはじめて、なにが起ころうとしているのかを聞かされた。新しい苦力頭《マンドウール》とその家族が川ぞいの石の家にやってくる。シドゥリスとドゥポの子どもたちは、山のさらに高いところの村《デサ》に住んでいる親戚の家に同居するのだ。

ウールフとの別れを前にしたぼくの絶望的な悲しみ、ドゥポの息子に対するぼくの両親の贖罪の意識、あるいは、もしかしたら、あの柔和そのもののシドゥリスが見せた母親としての憂慮や功名心……結局のところ、何が決め手となったのかはわからずじまいだったが、ある日、シドゥリスは、ぼくの幼少時以来はじめて、わが家にやってきた。結髪の髷には香わしい花、額には白粉《おしろい》をつけ、完璧なほどに着飾って。そして、長らく母のもとにいた。ぼくのと隣接する寝室から母たちの声が聞こえたが、話の内容はわからなかった。そこでの取り決めは、後々まで影響を及ぼすこととなった。

ウールフは、ドゥポの遠縁に当たるぼくらの家の使い走りの少年と同居し、スカブミにある現地人向けのオランダ式学校へ通うことになったのだ。

今、ぼくらの小学校時代を振り返ると、あのころの日々は一つのイメージに合流していたかのように思える。おそらく、同じ印象が変わりもせず、規則的に続いていたせいだろう。いつも同じ、早朝の、歩くと三十分を要する農園から小さな駅への自動車での道のり。朝露にびっしりと蔽《おお》われた草葉は輝き、夜は明けきっておらず、あらゆるものがいまだ青い朝靄《あさもや》に包まれていた。現地人たちは、果物その他を汽車の時間に間に合うように——天秤棒《ピクラン》の荷の重みで前かがみになり、道の上をひょこひょことリズミカルに揺れながら——駅へと運んでいた。ある農夫は水牛たちを水田《サワ》へと追い立てていて、幼い男の子たちが甲高い叫び声をたてながら水牛が草地内から出ないように手助けをしていた。ウールフはそのうちの何人かを知っていて、車から身を乗り出し、大声であいさつしていた。逆方向からは、農園の茶摘み女たちや労働者たちがそれぞれ群れとなり一斉にやってきた。女たちは、頭に巻きつけているスレンダンの襞《ひだ》の下で笑いながらぼくらを振り返って見ていた。小さな子どもたち、犬やニワトリたちは、高く茂った木々の下の影に隠れている村《デサ》の家々から走り出てきた。駅はいつも変わらぬ混雑ぶりだった。籠が山のように積み上げられ、始発列車を待つ人々に溢れ、露店《ワルン》が早朝の食事のできる場所を設けていた。ウールフとぼくはよく、まだ熟れていない青い果物に辛いソースのかかったルジャックの誘惑に負けて、それを折り畳まれた葉っぱの皿から急いですすり込んだ。すると、汽車が到着した。窓のない車輛を率いた小さな登山機関車だった。車内には車輛に沿ってずっと木のベンチが取りつけてあった。ウールフとぼくは二等車に乗っていいことになっていたにもかかわらず、わざわざ混んでいる車輛を選んだ。そこではよく、果物や手のひらいっぱいのピーナッツ《カチャン》をもらったし、いつもなにかしらおもしろいことを見聞きしたのだ。ぼくは、そのプリアンガン山地の道筋にある岩や電柱、橋、その一つ一つをすべて知っている。まぶたを閉じて、車窓の両側に見える景色をありありと描きだすことさえできるだろう。ふもとへと広がる棚田、やがて向こうの青い尾根へと連なっていく円錐状にこんもりと茂った丘陵、畑の中の収穫小屋、竹林の間の村《デサ》の住居、ところどころにある白塗りの小さな駅……そこには露天商の一群が品物を抱えて待っていた。スカブミに着くと、太陽はすでに力強く輝き、世界は眩《まばゆ》い光とひんやりした日陰とに分断されていた。ぼくらはスカブミの町——そう、ぼくらにとって、スカブミはりっぱな町だった

——をしばらく歩き、それからお互いの行く道へと別れた。つまり、ウールフはウールフの学校へ、ぼくはぼくの学校へと向かったのだ。ぼくらにあてがわれた教材にほとんど違いはなかったが、ただ、ウールフのほうでは、補習科目としてオランダ語が付加されていた。ぼくらが教室で過ごす時間は、おおよそ似通ったものだったに違いない。ウールフのところでも、ぼくのところでも、子どもたちが一斉に復唱する声や、それを伴奏するかのように足を揺すって床に擦りつける音、石筆やペンを走らせる音などのざわめきが止《や》むことはなく、その間、外では木々がさわさわと風にそよぎ、アスファルトの街路上には熱気が揺らめいていた。一時になると、ぼくらは決まった場所で落ち合った。ぼくがそこへ走っていくと、ウールフはもうすでに木の蔭に立っていて、足こそ裸足《はだし》だったが、あとはベルベットのズボンにボーイスカウト風のベルト、頭にはムスリムの少年の被る黒いトルコ帽という、ぼくに言わせればきれいな身なりをしていた。ぼくらはよく、細い棒のまわりを凍らせてしゃぶりつけるようになっている、どぎつい色のアイスキャンディを数セントで買ったり、この上なくベトベトしたココナッツ味のおいしいプリンを汽車の中でほおばったりした。一日のうち、この時間はきわめつきの暑さで、それは高地にあるクボン・ジャティ一帯でも同様だった。

だから、ぼくらが帰宅してまっ先にしたのは、やはり体をすっきりさせることで、ぼくはバスルームへ、ウールフは離れの裏にある井戸へと向かった。午後の時間はおなじみの遊びをしながら庭や川で過ごすことが多かったとはいえ、ぼくらはしだいに他のことに興味を抱くようにもなっていた。そして、切手、葉巻のバンド、自動車や飛行機の写真や挿絵を収集した。ウールフはとりわけ、飛行機に夢中になり、飛行機が降り立つときのキーンという音を本物そっくりに真似した。両腕を外側にぴんと伸ばし、弧を描きながら歩きまわり、飛び上がり、蹲り、這い、しまいには大事故を思わせるような一連の音を発しながら地面に倒れるのだ。それは、ぼくにはけっして真似のできないことだった。ある種の照れくささ、おそらく羞恥心あるいは無能感が、ウールフのように叫び声や身ぶりを駆使しながら遊びに夢中になるのを押しとどめたのだった。このころ、ぼくは読書の楽しさも発見していたが、ウールフにとってのそれは、せいぜい本に挿絵があれば興味をひかれるといった程度だった。ウールフは絵を描くことに秀でていた。特に、学校の手本にある左右対称《シンメトリー》な形を大いに好み、円や三角形などをあれこれ並べたり重ねたりしながら巧みに描いては、それを鮮やかに彩色していた。ぼくはウールフがそばにいることを当然のことのように思っていたので、当時は、ウールフがわが家に占める位置というもの、そしてそれがハウスメイトと従僕との間くらいだったことをはっきり意識してはいなかった。寝食こそ使用人部屋でだったが、ウールフは一日のほとんどをぼくと一緒に過ごしていた。母はこれをすべてなすがままに静観しており、ウールフとぼくとの友情が母にとっては安堵を意味していたということがようやくわかったのは、ずっと後になってからだった。母は一人で過ごすことが以前よりも少なくなり、乗馬用の馬を購入し、ボリンガー先生と連れ立って、よく茶畑へ遠乗りに出かけていた。父は多忙でしょっちゅう旅に出ていた。休日になると、ウールフはシドゥリスに会いに行った。ぼくもたいてい一緒だった。シドゥリスは、いまや子どもたちと村《デサ》の小さな住居に住んでいたが、ぼくの目に映ったそれは、以前の川ぞいの家とは対照的に、とんでもなくみすぼらしく、汚らしかった。ウールフの祖父は亡くなり、それとともに何脚かのロッキングチェアーも消えていた。あの日本のビーズの間仕切りカーテンだけが、過去の栄光のおもかげを留めていた。汚いぼろぼろの服を纏った小さな子どもたちは、ぼくらが来ると敬意と憧れに満ちて周りに群がったが、恥ずかしがって、なにかを質問したりはしなかった。そんなときのウールフに、話を催促することなど無用だった。家族や村《デサ》から集まってきた物見高い人々に囲まれ、ウールフは、汽車やスカブミや学校の授業のことを語った。容姿の衰えがますます目立ってきたシドゥリスは、息子の話を嬉しそうに聞いていた。そして、時おり小さな感嘆の声や舌うちで相槌を打ち、ウールフの話を遮ったが、その舌打ちは実にさまざまな感情を伝えることができ、ありとあらゆるニュアンスに富んでいた。ウールフのいとこでシドゥリスのところに住み続けているサティは、この話の間、小さな子どもたちの誰かを膝の間に引き寄せ、虱《しらみ》取りに当てるのを常としていた。サティは十六くらいの年頃のかわいい少女で、擦り切れたブラウス《クバヤ》に身を包んだその体は、ぽっちゃりして見えた。このような人々の間にあって自分をよそ者だと感じたことはぼくには一度もなく、むしろその逆だった。ぼくは、泥濘《ぬかるみ》の敷地に建つそんな村《デサ》のあばら家でさえも、自宅のがらんとした薄暗いどの部屋よりも寛ぎを感じた。このような時を過ごした後、ウールフと一緒に石だらけの道を農園のほうへ下っていくときには、まるで自分の家族と別れてきたような気がした。ウールフとぼくとがまったく同権であるということを疑った試しは、一度もなかった。家の小間使いの少年や乳母《バブ》、あるいは庭師のダヌには——ぼくはまだ半人前にすぎなかったとはいえ——人種や階級の相違の意識はぼんやりとあったが、ウールフと自分の存在があまりにも密着していたために、ウールフについてはそのような違いを感じなかったのだ。それだけに、ウールフとぼく、そしてぼくの両親とウールフとの関係が、わが家の使用人たちに嘲《あざけ》りと反感を呼び起こしているということにはじめて気づいたときには驚いた。はじめ、それは些細なことに表われた。「ウールフさん」という名指しの当てつけ、お互いにかわす忍び笑い、ほんのちょっとした言葉やしぐさ。しかし、それは次第により強い反発となり、命じられた仕事を大なり小なり公然とサボタージュする行為となっていった。ぼくは、父がウールフの学費を払っていたことを知っていたし、それはドゥポの死に慮《おもんばか》ったものなのだからなにも不自然なことはないと思っていた。ウールフがこの状況をどのように考えていたのかは謎に包まれたままだ。ウールフはいつも変わらず、ぼくらの家にも離れにも出入りし、気に病んでいるようすはまったくなかった。もし、ウールフがいなかったら、ぼくは自分の子ども時代をどんなに孤独にやり過ごさなければならなかったかしれない。そして、もしもそうであったなら、ぼくが両親の別れから受けた打撃も、きっとさらに激しいものになっていただろう。母は、ぼくの幼児期から、ぼくのことを乳母《バブ》や、シドゥリスとその家族、そしてウールフにほぼまかせっきりにしてきたので、ぼくにとっては、実際、他人以上の何者でもなくなっていた。母の孤独と偏頭痛の日々は、タラガ・ヒドゥンでのあの呪われた晩の後、落ち着きなく、ほとんど熱に浮かされたような行動に移行していった。母は乗馬をしたり、遠出をしたり、スカブミの町へ買い物に行ったりしていた。年老いたお針子《ジャヒット》は連日、ドレス用の新しい布地にミシンの針を踊らせ、かたや母は苛々しながら家を歩きまわり、ほんの時おり、いきなり椅子に身を沈めたかと思えば、手紙をずたずたにひき裂いたり、一人トランプをしたりしていた。わが家には何度か泊まり客があったが、しかし、午後や晩のお茶の時間であれ、農園の敷地へ遠乗りに出かけるのであれ、母のお伴をするのはたいていボリンガー先生だった。ぼくは、それまでも特に心が通い合っていたわけでもなかった両親の関係がさらに冷えていくのに、だんだん気づくようになっていた。時おり、夜ぼくがベッドに横たわっていると、ドアが乱暴に閉まる音や激した声が聞こえた。あるときには、ハトに餌をやるという口実のもとに庭へ出た母が嗚咽《おえつ》しているのに出くわしたこともあった。それからまもなく、ボリンガー先生はヨーロッパへ発った。このような、当時のぼくには複雑すぎ、また、別段意味があるとは思えなかった事柄の関連が推測できるようになったのは、ずっと後になってからだった。

母が無期限で旅行に出るということを父からついに知らされたとき、わけがわからないながらも、これもまた、子どもとして受け入れねばならない運命のひとつなのだと、ぼくはただ単にその事実を受け止めた。しかし、それを伝えると、ウールフは内心おもしろがっているように見え、ぼくには意味不明な指摘をした。後になってはっきりわかったのだが、使用人たちの目は節穴ではなく、ウールフはそんな彼らを通じて、家の中で何が起きているのかに気づいていたのだった。ウールフは、これを面と向かってぼくに一切言わなかったし、それは、後にぼくらがずっと大きくなり、一度ならずこの種の話題になったときでも同じだった。ただ、これに関して、ぼくがかつてウールフから窺い知れたものは唯一、ぼくの母の名を耳にしたときにウールフの見せる、嘲りと軽蔑の表情だけだった。

母の旅立ちは、ただただ慌しいものだった。中の間はトランクや木箱に溢れ、そこには、家の家財道具やリネン製品の大部分がつめこまれていた。そんな日々、父の姿は見えないままだった。とうとうある朝、荷物を積んだ作業工場のトラックを一台従え、車が迎えに来た。特別あからさまな愛情を示したことのなかった母の涙と抱擁に、ぼく自身も平然としてはいられず、車が走り去っていくときには激しく泣いた。この別離に際し、ぼくは学校から一日家にいてもよいという許可をもらっていた。しかし、ウールフはこの日も普段どおりにスカブミへ出かけた。ぼくはがらんとした家の中を歩きまわった。絵画や花瓶や敷物がところどころ剝ぎ取られたそこは、いつもよりもさらに冷たい印象を醸《かも》していた。中の間は、木箱を運び出す場所を作るため、椅子が脇に寄せられたままになっていた。梱包用の藁や木毛が床に散乱していた。ぼくがそこに立っていると、別離の時を作業工場に引きこもって過ごしていた父が家に帰ってきた。父は椅子に腰かけ、ため息をつき、そして顔や首の汗をぬぐった。ぼくは生まれて初めて、父に、ただの権力者、厳しい裁判官、子どもとしてのぼくの存在の絶対的な支配者としてではない、別のなにかを見た。父の頭髪は薄くなり、憂慮し疲れているのがわかった。ぼくは父に歩み寄った。

「そうか」父は抑揚のない声で言った。「そこにいたか？　えらい変わりようだろう？　このゴミの山を始末させよう」うわの空で父はぼくの肩をたたいた。そして続けて「遊んでおいで、おまえは」と言い、ぼくが躊躇っているとこうつけ足した。「午後、おまえを畑へ連れて行こうと思っていたんだが、あいにく工場に客が来るんだ」、「ウールフが帰ってきたら、釣りに行くんだよ」ぼくは、父を安心させようと急いで言った。父はちょっと眉をひそめ、そして新たにため息をついた。そして、立ち上がって寝室へ向かいながら「よかろう」と言った。「よかろう。ウールフと遊びなさい」こうして、ぼくらの人生は新たな局面を迎えた。ぼくはそのとき、小学校四年生だった。

当時の年月の中で、ぼくらにとっての大きな出来事のひとつは、ボリンガー先生の代わりに、ヘーラルド・ストックマンという従業員が登場したことだった。彼はとびぬけて背の高い、痩せた青年で、薄茶色に輝く木から彫り出されたような顔をしていた。彼は、カーキ色の揃いの服、下は半ズボンといういでたちで農園に現われた。骨ばった毛深い足が、スポーツシューズからにょっきり突き出していた。ヘーラルドの荷物は、いくつかのトランクを除けばそのほとんどが狩猟道具だった。ライフル、短銃、鉈《なた》、鉄のはめこまれたステッキ、魚獲り網や釣竿、しみのついたしわくちゃの獲物袋、テント、カンバス地の袋に入ったいくつかのキャンプ用具。トラックが運んできた木箱の中からは、動物の剝製やなめした皮が現われた。ウールフとぼくが、好奇心いっぱいに息をのんで荷おろしを見守ったのは言うまでもない。ヘーラルド・ストックマンは、支配人邸からそう遠くない小さな離れに住んでいた。自分の荷物が家に運び込まれると、彼は苦力《クーリー》たちを帰し、荷をときはじめた。ヘーラルドは、ウールフとぼくがそこにいることを至極《しごく》当たり前だと思っているようすだった。そして、自分の持ち物をしまったり整理したりするのをぼくらにも手伝わせた。ヘーラルドは、ダヤク族の武器コレクションを壁のどこにかけたらいいかとぼくらに相談したが、その武器の鋭利な刃や釣り針状の先端はウールフの想像力を大いに刺激した。そんな投げ槍の一本を手に、ウールフは狩人と獲物とを交互に演じながら、家の一番奥の隅へと、架空の敵を追いつめた。ぼくは、ガラスの目玉の、大きく開けた口の内部を赤く塗られた剥製の動物たちの間にしゃがんでいた。そこには、サルや小さな豹、ムササビ、ワニ、鳥、トカゲ、それにヘビの剥製でいっぱいのガラスの箱があった。羊皮紙で蓋をした黄色い液体のいっぱい入ったジャムの瓶には、なにかよくわからない動物の一部分や皮膚のかけら、その他さまざまなものが浮かんでいた。この宝の山の持ち主は、椅子の上に立って、アリクイの皮を壁に打ちつけていた。ヘーラルドはぼくらの質問に面倒がらずに答え、自分自身の話もしてくれた。彼はバンドンの将校の子息だったが、ジャワという土地や狩猟、そして大自然の暮らしにすっかり心を奪われてしまった。そして、その職業選択に反対だったことから、両親とは不和となっていた。ヘーラルド自身は、これをわりと達観的にとらえていた。そして「うまくいくようになるかもしれないし、そうならないかもしれないさ」と言った。「でも、それは二の次なんだ。ぼくのまわりには、空間が必要なんだよ。ぼくは事務所や兵舎向きの人間ではないし、オランダへも行きたくない。オランダへは、父の休暇のとき、何度か行ったことはある。だけど、それだけでもう充分だ。ここはすばらしい場所だ。この上の山が野豚《バビ》でいっぱいだってこと、きみたちは知っていたかい？　もしチャンスがあれば、土曜日に山へ入ってみるつもりなんだ」――チャンスなど、いくらでもあった。ライフルと鉈とで装備し、テントと食料を運ぶ苦力《クーリー》を引き連れたヘーラルド（と、ぼくらは出会った直後から名前で呼んでいた）が、茶畑から山林へと通じる小道へ入っていくのを見ない週末などなかった。ウールフとぼくの頭の中は、この遠征のことでいっぱいだった。晩には、ぼくらはたいてい、ヘーラルドの離れで、パイプをくわえたヘーラルドがライフルの手入れをしたり、狩りの戦利品を加工したりしながらしてくれる話に聞き入った。野豚《バビ》の頭は、蟻たちに清掃作業をさせるため庭に埋められた。ウールフとぼくは、この作業過程にどのくらいかかるのかと思いを巡らせ、ようすを見たくて一、二週間後に掘りおこそうとした。しかしヘーラルドはあと一カ月は待つようにと厳しくアドバイスし、するとなるほど、この期間を経た後には、ほぼ白骨化した頭骸骨が（けっしていい香りとはいえなかったが）土から現われた。野豚《バビ》の頭骸骨はさらにきれいにされ、無色のニスでコーティングされた。そしてヘーラルドは、これをウールフとぼくに進呈してくれたのだ。これはぼくらにとってなによりの宝となり、この宝ものを順番にベッド脇に置いて眠ったり、時おり学校へ持っていってはクラスメイトを仰天させたりした。しかしそれも、ヘーラルドが週ごとの遠征にぼくらを連れて行ってくれたときの誇らしさと比べたらほんの序の口だった。ベルトに鉈を、背にはマットをくくりつけ、原生林の中、高くそびえる崖にそった石だらけの道を、ぼくらはわれらがリーダーにつき従って登っていった。頭上の遥かかなた、すさまじく絡まり合った木々の樹冠が絶えず緑の屋根となり、日光をほとんど通さないおかげで、水族館のように薄暗くなっている中をぼくらは進んでいった。枝葉の下には、ゆっくりと朽ちて黒土に戻っていく、堆積した湿った葉の匂いがツンと漂っていた。氷のように冷たく澄んだ水は、手の幅ほどの小さな流れ、あるいは磨耗してまるくなった灰色の石がぎっしり敷きつめられた小川となって、茂みの間をさらさらと流れていた。いつもどこかで滝の音がし、空気は細かな水滴をいっぱい含んでいるようだった。

巨大な緑の天井の下の静けさには畏怖を感じさせるものがあり、はじめのうち、ウールフとぼくは声をひそめて話さずにはいられないほどだった。周囲の繁茂した谷間の影のような暗がりや、雷でひしゃげ、黒こげになった木の幹の間などには、恐怖をかきたてるものがいっぱいだったが、ぼくらの前にいるヘーラルドの痩せた姿は限りなく頼もしく見えた。ヘーラルドは二つの山頂の間の鞍部《あんぶ》に古びた小屋を発見し、それを狩猟小屋に仕立て上げた。ヘーラルドの施した修理のおかげで、この宿泊所は見ちがえるほど立派になった。クッキーの缶のふたや、色も形も実にさまざまな木片、そして、森で刈った気根でこしらえた原始的な枝編み細工が、屋根や壁の穴をふさいだ。今にも崩れ落ちそうな壁は、ていねいに石を積み重ねることで補修された。小屋の内部には、ヘーラルドが〈ウサギ小屋〉と呼んだ、柵のついた作りつけの寝棚が二組と、不安定にぐらつく机、腰かけの代用になる木の切り株がいくつか置かれていた。壁のもっとも頑丈なところに一列に打ちこまれた釘は、棚の機能を果たしており、ぼくらはここにマグカップや衣類や武器をかけた。ヘーラルドはその寝棚の一つの下からいくらか破損している木炭コンロを引っぱり出し、小屋の前の軒下の地面に黒く焦げた跡のある場所に据えつけた。鍋が一つとマーガリンの空き缶がぼくらの調理器具だった。アリという、いつもヘーラルドのお伴をする苦力《クーリー》は、ウールフとぼくが小屋裏の小川に水を汲みに行っている間に乾いた木を探し集めた。ヘーラルドは、水が流れ落ちる仕かけとくりぬいた竹の筒を利用して水場をこしらえたが、これは家事全般に大いに役立つことになった。ヘーラルドは切り株に腰かけ、コンビーフの缶の中身を米飯に混ぜている。アリは、大きく広げたその膝の前に両腕をだらりと垂らしてしゃがんでおり、ウールフとぼくは、興奮と空腹とでじっとしていられない……木の燃えるこげ臭い煙の匂いと小屋の前でのこのような食事の風景とは、ぼくの中で、いまだに変わることなく結びついている。ぼくらの前には、山の鞍部の草木のない岩だらけの斜面があり、それを過ぎた眼下の原生林の木々の頂のむこうには、下に続く山地が広がり、そこには青やグレー、緑などあらゆる彩りの中、くっきりした谷間や渓谷の影が見える。さらにその下、山々の周囲には、地平線に向かって熱気の靄の中に消えていく平原があり、上空に漂う雲がそこに大きな影を投げかけている。昼下がり、ヘーラルドは、野生動物を偵察するために茂みの間や木々の中に作った持ち場を点検した。そして、とある木の二本の枝の間にある竹の見張り台をぼくらに指し示した。「ぼくらは今夜、あそこで野豚《バビ》を待つんだ。地面より高いところにいれば、やつらはぼくらを嗅ぎつけられない」日が暮れるにしたがい、震えるほどの寒さになった。用意周到なヘーラルドは、ウールフとぼくが文字どおりすっぽりと隠れてしまうようなウールのセーターを荷物の中から引っぱり出した。谷間のほうぼうから霧がたちのぼり、ぼくらは低地から遮断されたようになった。このような骨身にしみる寒さに慣れていないぼくらは歯を鳴らしていたが、ヘーラルドはぼくらに体を動かす仕事を続けるようにしむけ、アリと一緒に森の中へ予備の薪《たきぎ》をひろいに行かせた。

夜の帳《とばり》が下りると、ぼくらは、ヘーラルドが小屋の前におこした火を囲んでしばらく座り、ウールフやアリが一緒なので、ごく自然のなりゆきとしてスンダ語で話した。すると、そんなとき、普段は周囲の風景の一部と化しているかのように目立たない、この寡黙な苦力《クーリー》が天性の語り手だということがわかった。「彼の話を聞け」と、ヘーラルドは興行師のような口調で言った。「アリは山ほど話を知っているぞ」アリは乞われるまでもなく応じ、いくらか火に近づいて屈むと、縞模様の毛布を肩のまわりに引き寄せた。このような動作すべてが、まるで儀式のようにおごそかだった。アリは小声で、語り上手には一般的に不可欠だと思われている、抑揚や声の強弱によるニュアンスをつけることなく話した。しかし、アリの語り方ほど心惹かれる思いをしたものはいまだかつてなかった。アリの声は、周囲をとりまく夜の静けさや森の中の滝、梢《こずえ》にわたる風の音と同質のものだった。聞き手のぼくらは、動物たちや半人半神、もののけたちの寓話や神話の薄闇に包まれた世界をいともたやすく思い描くことができた。そんな物語のうちのいくつかを知っていたウールフは、先まわりしてなにかの名や事柄を口にし、アリの話を突然中断させた。苦力《クーリー》は気分を害した。そのように話が途切れるとアリはしばらく沈黙し、そして火の中に唾を吐き出した。ぼくが、黙ってなきゃだめじゃないかとウールフをそっと小突いたりし、皆が静まったところで、語り部はまた話を続けるのだった。

ぼくらは、それぞれ四人入れる広さの柵の中の硬い板の上で、できるものなら眠っておこうと早々に床に就くことにした。そして毛布にくるまり、外から聞こえてくる夜の音に耳を傾けた。小屋裏の水場《パンチヨラン》の水音や森にそよぐ風の音はぼくらをある種の半睡状態にし、ヘーラルドが起きる合図をしたときには、まだほんの数秒しか経っていないかのように感じられた。それはだいたい、午前三時から四時の間だった。一瞬のうちに支度をしたウールフとぼくは、あまりの興奮に疲れも感じないほどだった。ヘーラルドのかかげる懐中灯の光に照らされて、ぼくらの影は小屋の壁面で幽霊のようにはげしく揺らめいていた。ぼくらは、ひとたび森の中に足を踏み入れたらそっと歩くこと、そして口をつぐんでいるようにという指示を受けた。そして出発した。ヘーラルドが先頭を歩き、アリは列の最後についた。はじめのうち、ウールフとぼくは、このうす気味悪い原生林の闇に、この遠征のために家で練ったたくさんの計画をすっかり忘れてしまっていた。ぼくらが思い描いていたように、むき出しの鉈を手に森を忍び歩き、豹や野豚《バビ》に攻撃をかけるなど、もはや思い出しもしなかった。ぼくらのこの向こう見ずな考えは、木の枝の間にある見張り台に無事落ち着いたとたん、ようやく立ち戻ってきた。原生林は絶え間ないざわめきに満ちているように思えたが、懐中灯を持ったアリはぼくらにじっと辛抱するよう強く促した。時おりアリが光の束を闇へ向けると、野豚《バビ》たちの一匹か二匹、あるいは群れ全体が木々の間のひらけたところに見えた。銃声があたりに響き渡ると、そこらじゅうに枝が折れる音や鳴き声、逃げていく獣たちがすばやく茂みを擦りぬける音がした。

ヘーラルドは当時――そしてその後もずっと長く――、ぼくらのリーダー、ぼくらの顧問であり、ぼくらになにか問題が起きれば必ず指針を与えてくれる頼れる人物だった。酒もブリッジも好まず、スカブミにあるクラブへ週ごとに繰り出すことにもさして興味を示さないので、ヘーラルドは他の従業員たちからは変わり者扱いされていた。ヘーラルドというのは、まったくの孤独を楽しむことのできる性質《たち》の人間だった。晩にぼくらが会いに行ってヘーラルドが何もせずにいた試しは一度もなかった。ヘーラルドはぼくらを気に入ってくれ、何の隠しごともないハウスメイトのように接してくれた。ぼくらは、その時々の都合で、オランダ語とスンダ語を代わるがわる話した。ウールフはオランダ語を解し読むこともできたが、一種の照れくささから、オランダ語で話そうとはしなかった。ぼくらが無理強いすると、恥ずかしがって顔をしかめ、ぶつぶつ呟《つぶや》いて断るのだった。それでいてウールフは、ヘーラルドとぼくとのオランダ語の会話を一言も聞き漏らしてはいなかった。

　父と接するのは、どうしてもという場合でない限り、以前よりもさらに少なくしていた。父は作業工場で長時間仕事をし、夕方遅くなるまで帰宅しなかった。ぼくが父と顔を合わせるのは、ほとんどの場合、食卓につくときだけだった。父は食べるのが早く、普段は一言も話さなかった。父の思いはどこか別のところ、仕事やぼくには想像のつかないような物事にあった。ぼくは父のことも、また、父がなにを考えているのかも、なにも知らなかった。父はさらに痩せ、顔はいくらかくすんでいた。こめか

み と頭頂の禿《は》げた部分は広がっていた。小鼻から口角とあごにかけては二本の皺が走っており、それは、父の外観に、厳しい、しかしそれと同時に憐《あわ》れな印象を与えていた。農園での父がノルマに厳格で、ミスや怠慢のあった際には自分自身のみならず従業員にも情け容赦なく、とんでもなく几帳面な人物だと思われていることをぼくは知っていた。以前時おり見せた少年じみた朗らかさや、従業員や客たちと一緒に笑ったりふざけたりする姿は、すっかり過去のものになった。ちなみに、来客というものも絶えてなくなり、ボリンガー先生の一件以来、父と従業員との間は没交渉となっているようだった。夕食後、父は中の間にいることが多く、必需品あるいは日用品のみを残してあらゆるものがはぎ取られたそこは、ホテルの一室のように個性の感じられない印象を醸し出していた。父はタバコをふかしたり、前任の支配人が孤独な夜のためにと置いていった、手垢にまみれた色鮮やかな表紙の推理小説やカウボーイ小説を読んだりしていた。また、ときどきレコードをかけてもいた。ぼんやりした意識でしかなくても、ぼくは当時すでに、この世に、家庭不在の寒々とした家に響く行進曲《マーチ》や喜歌劇《オペレッタ》のワルツほど悲しげなものはないと感じていた。

ウールフとぼくは、ヘーラルドの離れにいないときには、裏のテラスのテーブルに計算や文法の練習帳を広げていた。父がそこにいて、ぼくらのノートを手に取り、じっくり見て、進み具合をたずねたりすることもあった。ウールフとぼくが三カ月ごとに学校から持ち帰る成績表を、父は保護者のサインをする前に隅々《すみずみ》まで几帳面に検分したが、ぼくらが落第点を取ってくることはなかったので文句のつけようもなかった。ウールフの筆跡は学校でもらう手本そのもので並外れて美しく、字の大きさといい形といい、申し分のないものだった。これをもとに、父は一度ウールフに自分の将来について考えたことがあるかと聞いたことがあった。そして、ノートをもう一度ぱらぱらとめくり考えながら「おまえは事務所の書記官になれるぞ」とつけ加えた。ウールフは返答に困ったときによくするように、瞼《まぶた》を半分閉じ、にやにやしながら横のほうを見つめていた。「ウールフとぼくはね、機関士かパイロットになりたいんだ」と、ぼくは急《せ》きこんで言った。「でもね、一番なりたいのは探検家なんだよ。ぼくら、約束したんだ」父はノートをふたたびテーブルに置くと、ほとんど気づかないくらいに肩をすくめた。父が、ぼくらと話すのは大人と同じようなわけにはいかないのだという思いを抱いたのは、これが初めてのことではなかったにちがいない。父には、気やすく子どもの相手をする資質など微塵《みじん》もなかった。こうしてぼくらは、隣にいながら別々の言語を話す存在として暮らしていた。

そうはいっても、ぼくの養育問題が父の頭を悩ませているということはわかっていた。父は、ぼくが十一歳の誕生日を迎える数日前、ちょうどベッドに入ろうとしていた矢先に、寝室にやってきた。そして、ぼくが服を椅子にかけて歯を磨くようすをじっと見ていた。ぼくは、何年も前、母が同じようにして、学校に通うよう告げにきたときのことを思い出した。

「ほしいもののリストを作るといい」父は切り出した。ぼくは頷いた。ぼくは、ウールフとぼく用に、狩りに持っていけるような短銃身のライフルを頼もうかと思っていたが、そのような物をプレゼントとする必要性を父が認めてくれるかどうかはすこぶる疑問だった。「数カ月したら、休暇を取る」と、父は続けて言った。「少し旅行をしたいと思う。行けるうちに世界をいくらか見てみたいんだ。一緒に連れて行けないのはわかるだろう。父さんは、おまえをオランダへ、どこか寄宿学校のようなところへやろうかと考えていた。今期の終わりに入学試験を受けたら、おまえはいずれにせよHBS▼10へ行くことになる。そして、ここの生活は……」父は周囲を見まわすようなしぐさをした。「こんな調子ではとてもおぼつかない。おまえはもうすっかり東インド人のようじゃないか。そんなことでは父さんは困る」ぼくは洗面台のところで身構えた。そして「ぼく、オランダなんかに行きたくないよ」と吐き出すように言った。不意に、へーラルドの話が頭の中を駆けぬけた。雨と寒さ、息の詰まるような部屋、退屈な街の通り……。「ぼくはここにいたいんだよ」とぼくは繰り返した。「そして、ウールフと……」父は、しびれを切らした態度でぼくをさえぎった。「ウールフ、ウールフと」そして「いつもウールフだ。だが、いつかはウールフなしでやっていかねばならんのだぞ。ウールフとのつきあいは、もうたくさんだ。クラスの子たちとつき合うつもりはないというのか？　おまえの誕生日には、何人かここへ呼びなさい。車で家まで送り迎えするから」と言った。父は、ぼくの顔を見て「おまえがウールフと一緒にいたいのはわかるが」とつけ加えた。「それに、無理もなかった。あの子のことはなんとかせねばならなかったな。だが、ウールフは学校を卒業したら働くのだ、そして、おまえは勉強を続ける。それにだ……」父は、次の言葉を続ける前にしばし躊躇っていた。「なあ、おまえだってわかるだろう。おまえはヨーロッパ人なのだ」ぼくは父の言ったことをよく考えてみたが、ぼくがヨーロッパ人であるというこの最後の事柄については、どうも釈然としなかった。父に強いられ、誕生日のすぐ後の日曜日、ぼくはクラスメイトを二人、農園で過ごしてもらうよう招待した。プレゼントは短銃身のライフルではなかったが、切手アルバムと絵の具箱だった。絵の具箱は、受け取ったのとほぼ同時にひそかにウールフにあげた。ヘーラルドは壁かけ用にと、きれいになめされたムササビの毛皮を持ってきてくれた。その上、裏のテラスに小さなちょうちんや色のついた紙かざりを飾り、あとはいくらか強要された感のあるバースデーパーティーにお祝いらしさを添えてくれた。二人の少年というのは、学校の休み時間に競争したり、見栄の張り合いをしたりしているときにとっさに声をかけただけに過ぎない見知らぬ少年たちで、二人はぼくの部屋や持ち物をじろじろ眺め、誕生日ということで普段よりもいくぶん豪華なライスターフェルをぼくと父と一緒に食べた。ぼくは憤《いきどお》り、落胆していた。なぜなら、この場にウールフが招かれていなかったからだった。しかも、ぼくはウールフも当然同席するものだと思い、あらかじめ本人にもそれを話してあったからなおのことだった。ウールフは意に介していないようだった。食事をしている間、ウールフが庭からぼくらを見ているのが見えた。食後、父は、ぼ

▼10 （57頁）高等市民学校。主にオランダ人が対象（Hogere Burgerschool）。

くとぼくの客たちを作業工場へ連れて行き、そこにあるものを見学させた。

午後の残りの時間、ぼくらは好きに遊ぶようにと庭へ送り出された。ウールフもぼくらと合流した。そうして皆で遊んだとき、ぼくは生まれてはじめて、ウールフが他者の目には〈原住民〉であり、――しかも、父親が県知事《レヘント》だというぼくらのクラスのハルソノ・クスマ・スジャナと同じようにではなく、村《デサ》の少年、農園の下僕の息子なのだという事実を完全に思い知らされた。その違いというのは、ぼくの客がウールフに対して用いるかすかに命令調を帯びた言葉づかい、また、彼らが遊びの最中にウールフを急かせる際の「急げ《アヨ》！」という見下した言葉に表われていた。しかし、ぼくがあまりのことに色をなしても、ウールフはほとんど動じていないようだった。ただ一度だけ、クラスメイトの一人がウールフに向かって、怒りからというよりもわざと強がってスンダ語の罵言《ばげん》を口にしたとき、傍にいたぼくには、ウールフがその視線を内側に伏せ、ほとんど気づかないくらいに顔と体をこわばらせたかのように見えた。

この出来事の後、ウールフはしだいに離れていった。そして、午後の残りの時間はずっと裏のテラスの欄干のところに座り、ぼくらを眺めていた。その晩、ぼくが客人たちを送り届けて戻ってくると、ウールフの姿はどこにも見当たらなかった。ウールフの居所がわからないのは、ぼくには初めてのことだった。ぼくはヘーラルドのところへ行った。ヘーラルドは長い足を離れのテラスにあるテーブルの上に乗せ、タバコを吸っていた。ぼくは椅子に腰かけた。そうして、お互い一言も言葉を発することなく、ひとしきり時が流れた。ヘーラルドというのは、内密の話がありそうなとき、じっと黙って待つことのできる機転を持ち合わせている人だった。ぼくはとうとう、苦悩を打ち明けた。そして「ウールフは、ぼくらより劣っているの？」と言葉を吐き出した。「ぼくらと違うの？」——「頭がおかしくなったのか？」ヘーラルドは口からパイプを離さず、静かに言った。「誰がそんなことを言うんだ？」言葉に出して説明するのに苦労しつつ、ぼくは午後の一件を話した。「豹はサルとは違う」ヘーラルドは少し間をおいてから言った。「でも、どちらかがもう一方より劣っているなんてことがあるかい？　ばかな問いだと思うだろう？　そう、そのとおりだ。人間についてだって同じ、ばかげていると思っていればいいんだ。違うのがふつうだ。誰だって皆一人一人違うんだ。ぼくだってきみとは違う。なのに、肌の色だとか父親がどうだとかによって、劣っているとか優れているとか——そんなのは無意味だ。ウールフはきみの友だちなんだろう？　もしそうなら、どうしてきみの友だちが、きみや他の者より劣っているなんてことがあるんだ？」

　闇の中を歩いて帰宅したとき、裏の、使用人部屋のほうでウールフの声がするのが聞こえた。使い走りの少年と庭師、そしてウールフが、井戸端の低い縁《へり》に並んで腰かけ、ダヌが前日に買ったニワトリの話をしていた。ぼくはそこへ行こうとする寸前になって、思い直した。そして、裏のテラスに新品の絵の具箱を取りに行き、ウールフの寝室になっている厨房の隣の小部屋へ持っていった。蚊帳《クランプ》がバレバレ▼11の上のワイヤーから垂れ下がっていた。逆さにして置かれた木箱の上には、ウールフの教科書やノートがきちんと積み重ねてあった。白塗りの壁には飛行機やレーシングカーの切りぬきが貼ってあった。厨房から漂う匂いから解放されることはなく、とりわけ夜間にはセメントの床から湿った冷気が立ちのぼる場所でも、この殺風景ではあるが整頓された小部屋をウールフがとても誇りにしているのをぼくは知っていた。ぼくは、バレバレの上にあるぼくが着古したパジャマの隣に、新品の絵の具箱を置いた。そのパジャマは、ぼくのおさがりの服のほとんどと同じように、乳母《バブ》経由でウールフのところに届いたものだった。

父は、ぼくをいずれにしても入学試験までは東インドに留め置くことにした。農園支配人の屋敷には代理人が住むことになったため、ぼくの下宿はスカブミで探すことになった。しかし、このようなことについて、ぼくはほんのわずかにしか知らされていなかった。ある日、父はもう決まっていたことのようにしてぼくを自動車に乗せ、スカブミのとある女性——その後の人生において、ぼくがリダと呼ぶことになる——のところへ連れて行った。リダは年齢不詳の女性だった。今思えば、当時三十から四十歳の間ではなかったかと思う。成人してから高齢にいたるまで見た目の変わらない、リダはそんな女性たちの一人だった。中背でかなり痩身、アッシュブロンドの髪は前髪を垂らしたショートカットで、取り立てて特徴もないが少しふぞろいな目鼻立ちに灰色の瞳をしていた。リダはスカブミの山の涼しい空気の中に老人ホームを設立するつもりで、何年か前に看護婦としてオランダからやってきたばかりだった。計画を実現するにあたり、協力者として頼みにしていた仲間である女友だちは、この熱帯地方に到着後、二カ月足らずで突然結婚してしまった。これにより、リダは労働力、資本

▼11　竹製の床几《しょうぎ》。

ともに目減りさせてしまった。スカブミのいたるところに、あたかも雨後の筍《たけのこ》のごとく建っていく大きなホテルやペンションは、到底リダに太刀打ちできるような競争相手ではなかった。結局、この壮大なプロジェクトは、数人の世話をするに過ぎない小さな宿屋となった。選り好みなどできようもないリダは、つまり、静養を必要とする者のみならず、休暇で訪れる客、数泊さらには食事のみの客でさえも迎えた。リダは、世話好きで安あがりな――つまり手軽な――ミニ・ペンションの女主人として知られていた。そんなリダのことを知っていたぼくの学校の校長は、父が休暇の間、リダをぼくの一時的な世話係として推薦したのだった。リダの家は、まるで東インド風ではなかった。それは、フェールウェ地方、あるいはラーレンやブラーリクムのような典型的なオランダの町に建っていたとしてもおかしくはないほどだった。切妻や屋根をつたう蔓植物、建てつけのサンルーム、庭いっぱいのバラ。クッション、テーブルセンター、ティーコージー、手織物などが、そこに燃える暖炉があることを想定したかのように室内を飾っていた。ぼくは驚きながら、板張りの壁や、物の溢れかえる部屋、窓辺にかかる二重のカーテンの内外それぞれの襞を眺めた。ぼくらを迎える準備を整えていたリダはお茶をすすめ、まわりくどいことはぬきにして本題に入った。どうやら、父とはすでに面識があり、ぼくがこれからリダの世話になることはもう了解済みであるらしかった。そして、ぼくは近いうちに引っ越すのだということを聞かされた。リダのきっぱりとした物言いや、事が自分の意思とは関係なく運んでいく中で、はじめのうち、ぼくにはそこに口を挟む隙も、またその気もなかった。

「だけど……ウールフは？」話が一段落したところで、ぼくはようやく口を開いた。「ぼくがここにいなくちゃならないなら、ウールフはどうなるの？」リダは、やや近視ぎみの目でぼくを優しげに見つめた。「ウールフって、誰のことなの？」父がこらえきれずに代わって答えようとすると、リダは急いで先を続けた。「いいえ、自分で言ってごらんなさい。この子に言わせましょうよ」ぼくはつっかえながら話した。思えば、ぼくの話は辻褄《つじつま》が合っていなかったが、しかし、そもそもウールフが誰で何なのかなどということが、少しくらいの言葉でどうして説明できたというのだろう？ウールフはぼくの友だちだった、おおよそ生まれてこのかたそばにいて、ぼくという生のあらゆる局面、あらゆる思考や体験を共有してきた、唯一の生きた存在なのだ。そして、それだけではない。ウールフはそれ以上なのだ。――そのときのぼくはうまく言葉にできなかったが――、ウールフとは、クボン・ジャティでの、またその周辺での生活そのものであり、山の探検、庭や河原の石の上での遊び、汽車の旅、通学であり……つまり、ぼくの子どもの暮らしの原点なのだ。

父はぼくに、ウールフは農園に住み続けるのだと手短かに説明した。そして「ウールフは駅まで歩いて往復できる。そんなに遠いわけではない」と締めくくった。「それに、さもなければなんとかする。おまえの心配することではない」父がぼくをリダのところに住まわせるのは、ウールフと引き離すためだったのではないかと、あながち的はずれというわけではなくして、ぼくは疑り始めた。そして、苦々しさとこの不当なやり方への憤りでいっぱいになり、農園で過ごす最後の数週間、なるべく父に寄りつかないようにしていた。

ぼくのたび重なる長期の無断欠席は、しまいには校長より注意を受けるところとなり、リダはウールフをその共犯者とにらんで自宅に呼んだ。ウールフとぼくは当時十二歳で、したいことを不用意に妨害されると、執拗かつ激しく、あるいは密かに反抗してしまう、そんな年頃だった。ぼくらは何時間も学校をさぼり、はじめのうちは道端をうろついて新しい生活の出来事について話し合ったりしていたが、しばらくしてこの状況の変化にだんだん慣れてくると、二人で、あるいは現地の十代半ばの少年グループとつるんで、悪さをしながら市場《バサール》や繁華街をねり歩いた。後から思えば、当時ウールフは多くの面でぼくよりずっと早熟で、町の冒険仲間たちが手ほどきする、それまでぼくらが一度も遭遇したことのないような衝撃的な場面にまったくといってもいいほど動じないように見えた。そんな仲間の中に、ジュールという、疱瘡《ほうそう》で崩れた顔をした十五歳くらいのハーフがいたが、それは周辺にある農園の従業員を相手にしている娼婦の息子だった。その住まいは、集落《カンボン》のはずれの猥雑で騒々しい、路地といってもいいような通りにある小屋だった。ジュールは一度、米と摩《す》り下ろしたココナッツ、ブラウンシュガーでできたもち菓子《クタン》を食べに来ないかとぼくらを誘った。ぼくらにさえも「ソニャ」と名まえで呼ばせていたジュールの母親は、裏の小さなテラスの通路のところに、ピンク色の汚いキモノを纏い、裸足で座っていた。小さな庭は、ごみや割れた瓶でいっぱいだった。ジュールはぼくらの先に立って、安っぽいがらくたや紙の花にまみれただらしない寝室にずかずかと臆せず入っていった。そしてぼくらと話していても、母親の生活の特異さを包み隠すことがなかった。ぼくは、ウールフと同じように、動揺していないふりをしようとしてみたが、さほどうまくいったとはいえなかった。そしてこの新たな感情になんらかの形で折り合いをつけようとしたが、それは学校での御しがたい態度、あるいはリダ宅での仏頂面という形となって表われた。

ジュールよりもさらにたちの悪いアディは、プロはだしの正確さで町の商店で小さな盗みをはたらく、敏捷な現地の少年だった。アディの手引きにより、ぼくらも――生まれて初めて――映画館なるものにもぐりこんだ。木のベンチがぎっしり並ぶそこでは、古ぼけたカウボーイやギャングものの、まだ無声の映画ばかりを上映していた。この、たび重なる略奪や殺人の連続がぼくらに与えた印象は強烈だった。ぼくらは映画に夢中になるあまり、自分たちもその楽しさを味わおうと、どんなことでもできるかぎりのことを試してみた。

実状を把握しているわけではなかったにしろ、リダが介入したのはまさにこのころだった。

リダは回り道ということを知らない女性だった。後年、ウールフとぼくがよく〈天《ナチュ》然石鹼《ラルソープ》体質〉と呼んだように、リダには想像力もなく、自分に見当のつかないものの存在を理解しようとも、それどころか信じることさえもしないという、どうしようもない無邪気さを持っていて、それがゆえに何度もくりかえし騙されていた。リダは偏狭ではないブルジョアであり、盲信的な意味ではなくしてキリスト教的に善であろうと務めていた。そして、人であれ物であれ、想像でというのではまったくなく、実践的な考え方、自分自身のはっきりとした尺度で判断した。このような性質は、先入観を持たずきわめて公平であるという点で魅力的ではあった。当然のこととして、土地の者たち、特に使用人や取り引き業者と接する場合にはうまくいくことが少なかった。リダの寛大さ、対立や誤解を論理的にかつ辛抱づよく解決しようとする傾向は、訝《いぶか》しがられ、怪しまれた。威厳を示すために上から押さえつけるなどということは、リダとはまったく無縁だった。ただ単に相互理解が欠けているがために、リダは、気立てのよい従業員からでさえも物を盗まれたり騙されたりした。これは入れ替わり立ちかわり出入りする使用人たちには周知のことだったが、リダは気づいていなかった。ウールフのことを、リダははじめからことのほか気に入っていた。もしかしたら、ウールフの孤独さがリダの母性本能を刺激したのかもしれず、あるいは、無意識にしろ、リダが東インドにやって来るにあたり、心の中にまず初めにあったに違いない異国的なものへの強い憧れをウールフがかなえてくれたのかもしれず、そしてそれは、リダの新しい仕事や生活環境の中でそれまで満たされなかったものだった。また、一介の村《デサ》の少年、ウールフが学を身につけていくさまが、リダ自身の恵まれない少女時代や、狭量で無教養な環境から抜け出さねばならなかったことを思い出させたのかもしれない。ウールフは、筋肉の引き締まった細身で均整のとれた体型をしており、それは少々ぶかっこうで未成熟な手足のぼくとは対照的だった。ちなみに、これは後にもはっきりしたことだが、ぼくの身長が高くなるという兆候だった。ウールフの優美な体つき、青みがかった白目にインク色の鏡のような瞳が浮かんでいる大きな目、影絵芝居《ワヤン》人形のような輪郭のくっきりとした目もと、横広がりだが形の整った口、翳りのある控え目さと含羞の混在が、リダを夢中にさせた。ウールフの訪問はしだいに泊まりがけになり、数カ月後にはすっかりペンションに引っ越してきた。この段階に至るまでには、正当な理由もあった。クボン・ジャティの従業員の教育をとりしきっていた代理支配人の妻は、ウールフを使い走りの少年の住み込み家族の一員として以上の扱いはせず、厨房の隣の小部屋を取り上げた。それでウールフは、古い家畜小屋の裏でダヌと寝起きをともにするようになっていた。着ている服、つまりぼくのお古は汚れてぞんざいに扱われており、長らく散髪もしていなかった。ウールフは、なおざりにされている印象だった。「あなたのお父さんがあの子の学費を持つのなら、身の回りの世話だってしてやらなければ」ウールフを家に入れることの弁明として、リダはそう言った。ぼくの部屋にもう一台ベッドが入れられ、テーブルにはもう一脚、椅子が加わった。そのときリダのところに宿泊していた数人の客は、自分の部屋で食事をした。こうしてウールフは、あらためて、今度は公認の遊び相手かつハウスメイトとして、ぼくのすぐ身近に登場することとなった。

ぼくは、リダが父と手紙のやり取りをしていることを知っていたし、リダの手紙の中には、ウールフが同居していることやその将来について云々されているだろうことも想像できた。ぼくらもそれについて時おり、なにがしかを漏れ聞いてはいた。リダがHIS[12]に問い合わせると、ウールフは優秀な生徒のうちに含まれているということがわかった。ウールフはのみこみが早く、たまに落ち着きのないことはあるものの、それに影響されない勉学へのひたむきさ、几帳面さを兼ね備えているとのことだった。校長は、ぼくの父から、ウールフが七年の初等教育を修了した後には、農園の書記官

▼12　オランダ領東インド現地人学校（Hollands-Inlandse School）。

か簡単な事務職に従事させるという意向を聞いていたが、ウールフのような能力のある子どもはさらに上を目指せると考え、AMS▼13や同種の中等教育校への進学を勧めた。

リダはこの発見に有頂天になり、ぼくの父へ詳しく書いて知らせたが、父はなんの関心も示さなかった。父は実益の伴わない無駄な投資だと見越していたのだが、それというのも、ウールフの従事できる職種が結局は限られているからだった。午後や夕方にぼくらが宿題をしている間、そばで繕い物をするリダの脳裏にはある考えが巣食い、それは彼女の頭から離れなくなってしまっていた。縫い物をするときのためのメガネを何度もずり上げながら座っているリダの姿が、今でもぼくの目に浮かぶ。ちなみに、ウールフとぼくはリダに好意を抱いていたが、リダが低い籐椅子からずり落ちそうになりながら無造作に座ると、その太もものまわりの桃色のゴムの靴下どめがあらわになるのを見て、意味ありげな目くばせを交わしながらにやにや笑ったものだった。リダはたいてい、市場《パサール》で山のように売られている安い花柄の生地で作ったちょうちん袖のだぶだぶしたワンピースを着ていた。ぼくらのトリコットのシャツにボタンを縫いつけたりズボンを繕ったりしながらリダが思いめぐらしていたことに、当時のぼくらはほとんど気づかなかった。その静かな時間の中で、かつての自分の老人ホームプロジェクトの失敗の埋め合わせになるはずの計画が熟していようとは。リダはウールフの今後の手助けをし、ウールフ自身が向上できるような機会を与えようと決意していた。そして、それを心に決めた瞬間から、着々と準備にとりかかった。ぼくらは、リダのマレー語やスンダ語の知識が足りないため、一緒にいるときにはいつもオランダ語で話していた。ウールフはいまだに黙って聞くほうを好んではいたものの、以前のような羞恥心はある程度克服していた。リダは、ウールフの発音を上達させようと熱心に指導しはじめた。医師という職業の重要さ、熱帯地方だからこそ、国民のために医療に従事する者がどれほど必要なのかについて、熱弁をふるわない日は一日としてなかった。そして、伝染病に関しての実例やデータを引き、ぼくら、特にウールフに読ませようと書物やパンフレットをかかえてきた。自分が教育を受けたときの教材を引っ張り出しては、人間の体内、臓器の構造、血管や筋肉の位置が示された図版を見せた。はじめのうち、ぼくらはそうしたさまざまなものを、関心を持ってというよりはかしこまって眺めているに過ぎなかった。それだけに、あるとき、リダがウ

▼13　一般中等教育校（Algemene Middelbare School）。

ールフに向かって単刀直入に、医師になる気はないかと聞き、それに「まあ、たぶん……」と答えたウールフが、その直後にほぼ間髪を入れず「うん、なるよ」と続けて言ったのには仰天した。その晩ぼくは、自分たちの部屋で、パイロットになる夢は捨てたのかとウールフを咎《とが》めた。「いやあ、それうゎ」ウールフは、「は」のところを「うゎ」と発音する独特の訛りで言った。「リダがそれを望むなら」――「リダのこと、どう思ってるの？」そんな風に、ぼくらの保護者に抱いている感情についてきちんと聞いてみようとぼくが思い立ったのは、はじめてのことだった。答える前に、ウールフはその横目づかいの黒い瞳でぼくをしばらく見つめ、やがてぽつりと言った「嫌いじゃないよ」そして、ふざけてしかめっ面をし、リダが行商の中国人《クロントン》と交渉するさまを本物そっくりに真似てみせた。それがきっかけでぼくらはベッドでげらげら笑い転げ、すると、隣室に宿泊中の客が壁をドンドン叩き、リダが慌てふためいてぼくらのところへ飛んできて、静かにするようにと窘《たしな》めた。

　ぼくの入学試験は、父が戻ってきたのとほぼ同じころだった。ぼくはそのとき、父とはもう一年以上会っていなかった。父は以前よりもずっと体重が増えて褐色に日焼けし、仕立てのよいパームビーチのスーツとの取り合わせは、父を初めて昔ながらの農園支配人らしく見せていた。ぼくは、そんな父の声も高らかな快活さとプレゼントを分ける気前のよさに驚かされたが、それよりもなおびっくりしたのは、父が新妻を連れてきたという事実で、そのことについては、これまでどの手紙にも一切触れられていなかった。父たちはシンガポールで結婚し、新妻は買物のため、まだバタヴィアに滞在しているとのことだった。リダはコメントを控えていたが、父のやり方に対してすこぶる批判的だということは明らかだった。そして、ウールフの後見人は略式に交代し、ぼくに関しては、長い休暇を農園で過ごすようにと取り決められた。父はもはや、ぼくをオランダにやるとは言わなかったが、それはおそらく経費との兼ね合いだったのだろう。紹介された継母《ままはは》が不要な出費を厭《いと》うのを見て、ぼくには少なくともそんな気がした。継母はさっぱりした、現実的かつ事務的な若い娘であり、きれいではあるけれど表情に乏しい顔をしていた。ぼくは、継母のクボン・ジャティをわがもの顔で仕切り直すやり方や、使用人や従業員に対して上から物を言う威圧的な態度が、はじめから大嫌いだった。継母は家庭教師あるいは小学校の教師としてそれなりに人の下で数年を過ごし、こうして今、農園支配人の妻となったからには、それまでに蒙《こうむ》った損害を取りもどそうと決意したかのように見えた。家での継母は、誰が見てもまちがいなく主《あるじ》だった。そのてきぱきとした行動に父がいたく感服し、溌剌《はつらつ》とした健やかさに夢中になっているのは一目瞭然だった。起きるのが遅く、ネグリジェから他の服に着替えることのめったになかったぼくの母とは対照的に、継母のウジェニーはまわりが家事で忙しく立ち働く中、身なりを整え、父とともに朝食のテーブルについた。ぼくは、この新しい家庭の雰囲気から極力逃げ出すようにしていた。そして、たいていスカブミのウールフのところへ行き、たまにはどこか外で会ったり、近場をうろついたり山のプールの一つへ泳ぎに行ったりもした。リダはバタヴィアにペンションを譲り受けており、ウールフもリダも九月にはそこへ移転するはずだった。ウールフはMULO▼14に通い、そのコースの修了後は、スラバヤにあるNIAS▼15へ通う。リダはすべてを計画だてていた。ぼくらは、シドゥリスのところへも出かけた。シドゥリスは、わが息子に語りかける術《すべ》もなく、やつれた顔に驚きと誇らしさを浮かべてウールフをじっと見つめ、状況をほとんど飲み込めずに頭をふった。シドゥリスの住まいは、年を経る間に西洋風の快適さを一切失っていた。家屋前の形ばかりのテラスには汚れたマットが数枚座るために置かれ、庭にはゴミが山積みになっており、あたり一面に干し魚や魚醤《タラシ》▼16の臭いが漂っていた。明らかに太りすぎのサティは、腰布《サロン》と今にもはじけそうな下着を纏い、中の部屋に続くドアのところに座り、てかてか光る髪の房を髷に結っていた。サティは、村《デサ》に留まるつもりではなかったとぼくらに言った。女中《バブ》として町へ行きたかったのだ。ウールフとぼくは、生まれて初めて、いくらか居心地の悪い思いをしながらシドゥリスと子どもたちの間に座った。リダの清潔な家で暮らした秩序正しい一年は、村《デサ》の汚さや貧しさに対して、ぼくらの心のどこかにいつの間にか抵抗を感じさせるようになっていた。ぼろを纏った弟妹たちの中で、ウールフは王子《プリンス》のように見えた。ぼくらは一緒に食事をした。米飯と干しエビをくだいて作った一種のクラッカーのようなものだった。ウールフは家族に別れを告げた。そしてぼくらは帰途についた。一日で最も暑いときだったので、ぼくらは石のごろごろした道をだらだらとゆっくり下っていった。まるで底面を平らに切り取った大きな泡をガラスの上に乗せたような雲が、まばゆい白昼の空を行き過ぎていた。山の斜面の緑は日差しを受けてきらきら輝いていた。けだるくなるような静けさがあたり一帯を取り巻き、そ

▼14　高等初等教育校（Meer Uitgebreid Lager Onderwijs）。
▼15　オランダ領東インド医学学校（Nederlandsch-Indische Artsen School）。
▼16　小エビを発酵させて作るペースト状もしくは固形の調味料。

れは暑さの極みにある昼の地上を死に絶えたかのように見せていた。唯一、はるか遠くに犬の吠える声と水牛のベルの単調な音だけが、畑の向こうから聞こえていた。道にも水田《サワ》にも人影はなく、また、山の上のほうにある茶畑の緑の中にも、茶摘みたちの色とりどりな頭巾はどこにも見えなかった。路肩ぞいの灌木のところには、ピンクや赤、暗褐色の濃淡に彩られた何百という小花の集まったような形のランタナが、蝶の群がる中に咲き誇っていた。ウールフは、川で泳がないかと提案した。それは、枝垂れた灌木に半ば隠れている川で、吸い寄せられるようなしぶきの音を立てて石の上を流れていた。ぼくらは草の間に服をバサバサと脱ぎ捨てると、冷たく澄みきった水に身をすべりこませていった。石の合間でお椀状になった自然のプールでは、実際に泳ぐことはできなかったが、ぼくらは水中で何度も全身を伸ばしたり、段々になっている岩々の間を泡立ちながら落ちてくる滝のような流れを背にして寄りかかったりした。クボン・ジャティで過ごした年月に、ぼくらはこうして何百回も水浴びしたのだ。しぶきをあげる水にすっかり身をゆだねたり、岩の合間へ飛び込んで跳ねまわったりという数え切れないほどの水遊びは、いつもぼくらの子ども時代の最も生気の迸《ほとばし》るような体験だった。しかし、ウールフとぼくは、ある種の失望と驚きとともに気づいたのだった。ぼくらはもう、このような川での水浴を心から楽しんではいないことに。それではあまりにも大げさな表現かもしれず、こう言いかえたほうが適切かもしれない。つまり、水浴は、そのとき――そしてこれからもずっと――体をすっきりさせるため、なによりもまず涼むための手段という以上のものではなく、その欲求が満たされれば、もうぼくらが水中にいる理由はないのだった。それに気づいていながら、ぼくらは惰性で、またおそらくお互いに対する気まずさから、もうしばらくの間水と戯《たわむ》れていたが、そこには、あのころの屈託のない水遊びの楽しさのようなものはなかった。それまでと違っていたのは、ぼくらが水泳や川やきらめく流れを異なる目で見ていたことだった。つまり、現実の世界をおとぎの国のようには見られない目になっていたのだ。ぼくらが英雄で探検家だった魔法の国は、消え去ってしまった。薄暗い洞穴《ほらあな》は、岸辺に枝垂れる枝葉の下の木陰に過ぎず、岩だらけの台地の狩猟場や橋も架けられないほどの急流は、川底の砂利石や石ころの上をゆるやかに流れるただの細い谷川でしかなかった。相変わらず誘《いざな》っているような色彩のカニやイトトンボが川面の上や下に素早く動きまわっていたが、ある種の競争心から先を争ってそれを捕まえようという気にはなっても、もはや、以前のようにぼくらの空想をかきたてはしなかった。平たい石の上に二人で体を長々と横たえているうち、この変化の意味が閃光のようにぼくを駆けぬけた。ウールフを見ると、その眼の中にも同じ発見が宿っているのがわかった。なにかが終わったのだ。ぼくらは、もう子どもではなかった。

継母のウジェニーは身ごもっていた。それやこれやで、バタヴィアでＨＢＳに行かせてもらえるよう父に了解を得るのは難しくなかった。それどころか、これは父にとって、やっかいな問題の予期せぬ解決策のようだった。それでも、リダのところに居続けるのは無理というものだった。ぼくは学校に付属する寄宿舎に入ることになり、新学期が始まる直前にバタヴィアへ発った。ウールフとリダは、その数週間前にすでに発っていた。この町に不案内なぼくは、はじめのうち、いくつもの大きな広場や白い建物、雑踏に圧倒された。寄宿舎は、暗い部屋とタイルばりの床という、昔ながらの東インドの屋敷の中にあった。それは、別の宮殿風住宅群の間にある奥まった場所に建っており、その敷地の、少なくとも通り側には、干からびた芝生が生えていた。棘のある、革のような葉の巨大な多肉植物が一対、二つの入り口の両脇に歩哨のように立っていた。寄宿舎は、夫婦者の教師に統率されていた。夫のほうは少年たちの学業を監督し、妻は家事全般の指揮をとっていた。施設に関しては、秩序と効率に特に重きが置かれているようだった。余分な家具や装飾は一切なかった。高く白い壁、むき出しの床の寝室は、生徒四人用にしつらえられており、人数に合わせてベッドが四台、椅子が四脚、小棚が四つ、洋服かけが四本あった。ベッドにはそれぞれ洗濯糊のきいた蚊帳《クランプ》が下がり、その蚊よけガーゼの立方体は、この環境にあっては、これまで以上に檻の様相を呈していた。窓には格子がはまっていたが、説明によれば、それは盗難に備えてとのことだった。ぼくは年長の少年三人と同室になったが、少年たちはぼくから鉛筆を借りたり、ぼくのノートから何枚かページを破りメモ代わりに使ったりするほかは、ほとんどぼくに無関心だった。日課は単純なものだった。朝食後、七時に、校庭に隣接する裏庭を通り、教室へ向かう。そして午後一時にもどる。すると、裏のテラスに食事が用意されている。ぼくらは三つか四つの長いテーブルにそれぞれ座り、口数少なく——私語は多かれ少なかれ禁じられていた——せっせと食べ物を口に運ぶ。二時から三時半までは休息の時間で、その間はまったく物音を立てないことが原則となっていた。ぼくらは読書をしたり昼寝をしたり、あるいはまた宿題をしたりして過ごしたが、それはその後の、皆が一人残らず忌み嫌っていた監督つきの自習時間から早めに開放されるためだった。これは中の間で行われるのが常で、そこには古い学習机とベンチ型の椅子とが意味ありげにずらりと並べられていた。ティータイムの後ぼくらはそこへ行き、必要とあらば食事の時間まで作文や数学の課題に懸命に取り組むこともあった。宿題の予定表のチェックを受けた後、終了とみなされた者は、八時まで自由時間を与えられた。言うまでもなく、このような無味乾燥な雰囲気の中では、前向きなものが生まれるはずもなかった。抑圧された気分の者たちは、時おり、突発的にいたずらをしたり無理に猥談をしたりして鬱憤を晴らした。一般的には、少年たちの間に友情が育まれることなどなかった。学期ごとにグループができることは多少あっても、それだけの話だった。ぼくは、数人の例外は別として、寄宿舎仲間に興味を持たなかった。一緒になってふざけたり、内緒ばなしに加わったりすることはあっても、その他の諸事には関心がなかった。

　ぼくはよく、平日に宿題をかたづけてしまった後や、日曜日にはその大部分をウールフとリダのところで過ごした。リダが譲り受けたペンションは、雑然とした地域にあり、そこは過去十年のうちに著しく高級感を失っていた。中国人や欧亜混《インド》血の家族たちが住む家々は、いくらかうらぶれた印象だった。大きめの住宅の間に現地人の小売店や店舗型の露店《ワルン》が進出していることもあり、裏庭に接する集落《カンポン》が大通りのほうへ押し寄せているように見えた。このような状況を把握する目を持たなかったリダは、ペンションを買い換えたことで、ある意味、自分で自分の首を絞めたも同然だった。リダの庭はそれなりに手入れされ、表のテラスも白く塗り直されてはいたものの、周囲はそれと逆行していた。〈ペンション、アウド・ブッスム荘〉という、門前の格調高き看板も、このような雰囲気の中ではなんの宣伝にもならなかった。リダのところには、数えられるほどの客しかいなかった。街なかの会社に勤め、夕食時以外はめったにいることのない独身者が数名、かつての古きよき砂糖景気のころには〈あまい〉日々を過ごしていたものの、その暴落後には貧しい暮らしをしているのが誰の目にもあきらかな年配の夫婦。それから、品行方正なリダには気づかない分、ウールフやぼくのほうが品性を疑ってしまうような二人の若い女性たち。リダは、横柄な使い走りの少年とかなりいいかげんな三人の女中《バブ》たちの助けを借りて客たちの世話をしていた。客たちが宿泊しているのは、同じ家具が置かれ、それぞれ小さな椅子のあるテラスつきの部屋だった。バタヴィアの暑さと生活の煩《わずら》わしさはリダには合わず、スカブミでの颯爽とした快活さが薄れ、ぼくらの相手をするような暇もほとんどなかった。

リダはたいてい、自分の事務所、別棟の息苦しい一画で、伝票の山を前にして座っていた。前髪は汗ばんだ額にはりつき、花柄のワンピースの襟元は汚れて黒ずんでいた。午後、ぼくがウールフを訪ねていくと、リダはどこかうわの空でぼくに挨拶し、レモネードかお茶をもらうようにとぼくらをキッチンへ向かわせた。リダは、ウールフのためなら苦労も出費も惜しまなかった。ウールフは、白いポロシャツに麻の靴を履き、申し分のない身なりだった。もう、トルコ帽はかぶっていなかった。ぼくがそれについてたずねると、ウールフは、もうたくさんだ、というような身ぶりをし、舌を鳴らした。そして後から「ぼくはムスリムじゃないから」と釈明するように言った。思えば、小間使いの少年とともにモスクへ通ってはいたものの、ウールフはクボン・ジャティでも、宗教の行事を特に重んじることはなかったと、ぼくは認めざるを得なかった。

トルコ帽を被るのをやめたことで、ウールフはやはり、何か特徴的なものを失ったように見えた。ヨーロッパ風の服を着て、毛髪の多い頭を流行《はや》りの髪型にカットした姿からは、ぼくがいつもウールフの一部のように思っていた、ある一定の慎み深さ、その典型的な土着の控えめさが削ぎ落とされていた。ウールフによれば、国籍もさまざまな生徒たちが通っているMULOに入ってよかったとのことだった。教材も、ウールフにとって難しいことなど微塵もなかった。ふと気づき苛立ちを覚えずにいられなかったのは、映画やスポーツのヒーローを大っぴらに真似し、派手な服にカラフルな競争用自転車で群れをなして町をうろついていた、そんなハーフの少年たちのする態度や話し方をウールフが癖として身につけていたことだった。ウールフはいまやタバコも吸っていたが、ウールフのなすことすべてに寛容なリダは、それを黙認していた。リダは自分の養子を誇りに思っており、できるかぎりのことをしてやっていた。リダにもウールフにも、それぞれ別棟にベッドルームがあったが、ウールフの部屋のほうが広く、内装にも気づかいが見られた。リダの一番の不満は、当人さえもそれと気づく、宿泊客たちのウールフと自分に対しての批判と嘲りに満ちた態度だった。しかし、あまりに無邪気なリダには、この陰口に込められた深い意味が理解できなかった。ウールフはそれを感じていたが、自身はそのことをある程度楽しんでいるようだった。ウールフは独り者たちとは係わり合いにならず、年配の夫婦に対してはあきらかに横柄な態度で接し、若い二人の女性たちについてはといえば、当人たちを前にするとき、かつて見たこともないほどぞんざいで無礼だった。昼下がり、ぼくらが庭をぶらぶらしていると、彼女たちはたいてい自分たちの部屋の小さなテラスにいて、マニュキアその他、お手入れに余念がなかった。そして、だらしなく羽織ったキモノにみだれ髪、擦り切れたサンダル履きで、寄りかかっている籐椅子を欄干に乗せた足でゆらゆら揺らしていた。二人はぼくらに向かってあれこれと戯言《ざれごと》を投げつけるのだったが、そこには二重の意味が込められていて、ぼくはたいてい、後になってからそれに気づいた。ウールフは謎めいた薄笑いを浮かべ、その視線の先を恥ずかしそうにあらぬほうへ向けていた。それでいてぼくらは二人のそばにぐずぐずと留まっていた。するとそこには甘いおやつ、タマリンドの砂糖漬けの入った密閉瓶やグラリと呼ばれるおいしいお菓子が出てくるのが常で、しまいには、ウールフとぼくも欄干のところで一緒に茶菓子を食べながら座ることになり、そうこうするうちに戯言にも徐々に奔放さが増していくのだった。ウールフは半ば微笑みつつも二人をまっすぐ見すえ、無礼きわまりなく受け答えしていたが、その不可解な眼差しは彼女らを混乱させ、二人はこれに怒るべきなのかどうかと戸惑っていた。二人はよく、遊び半分にウールフを軽くつついたり足蹴にしたりし、戯《ざ》れ合いを挑発した。このような女性客たちには嫌悪感を抱くべきだということは自覚していたが、ぼくは二人のおしゃべりや戯れに惹かれてもいた。そして、寄宿舎へ帰る時間だとリダが遠くから呼ぶ声を聞くと、後ろめたさを感じた。二人の女性に向かって二言三言憎まれ口をきいた後、ぼくを送ってくれながらタバコに火をつけるウールフの皮肉な沈着さにぼくは驚いた。そのころ、ウールフと接する機会は以前よりも減っていたように思う。ぼくが格闘していた思春期の問題は、ウールフからはまったく感じられなかった。そんなウールフと比べ、ぼくは自分を青二才で未熟な愚か者だと思った。おそらくこの劣等感は、ぼくの行動の自由が制限されていたことにもよるだろう。ほんとうに例外的な場合を除き、ぼくが九時以降に町へ出る許可はめったに下りなかったのにひきかえ、ウールフは自分の好きなように夜を過ごすことができた。いったい、リダはどんな思いでそれほどまでにウールフに全霊を捧げることになったのか、ぼくにはわからない。そのあたりは推測することしかできない。ぼくは当時の自分の目に映った二人のことを述べているに過ぎず、彼らの言動について関係者に説明を求めることはもはや決してかなわない。リダの動機についても、ぼくには推しはかるしかない。時おり、リダをウールフの世話に駆り立てたものは、リダ自身の孤独、あらゆる同胞の中から自分が援助や指針を与えられる者を見出したいという、内なる欲求だったのかもしれないと思う。看護婦であるということは、所詮、この職種を選択する女性の多くにとって、心の奥底にある満たされない本能の捌《は》け口《ぐち》に他ならない。時にはまた、ウールフこそがリダを――そしてぼくを、さらにはウールフとつき合いのあった他の者たちを――虜《とりこ》にしているように思えた。ウールフが、ある不思議に周囲を惹きつける受動的な性格を持つ者の一人なのだと。MULO時代の年月、ウールフはスカブミではまだ身につけていた村《デサ》の少年としての特徴を完全に失《な》くしていた。というよりも、ぼくはその逆に、ウールフが過去を思わせるあらゆるものを削ぎ落とそうと躍起になっているような印象を受けた。ウールフはいまやオランダ語しか話さず、服装もあきらかに西洋風だった。リダのもとにいる従業員と親しくなることは決してなかった。ぼくらの子ども時代やシドゥリスや弟妹たちのことを仄《ほの》めかすものをウールフは極力無視した。かつて、ただ一度だけ、ウールフがぼくに飛びかかりそうになったことがあったが、それは、ぼくがウールフの学友数人の面前でウールフの父親について話したときだった。ウールフが自分をハーフであると押し通すのに必死だということを知り、ぼくは心底驚いてしまった。それというのも、ウールフがこの種の者たちに対し、いつも嫌悪に近い軽蔑の念を抱いていたのを知っていたからだ。しかし、ヨーロッパ世界へのあまりにも強い同化願望は、このような譲歩をも可能にしたようだった。ウールフにとって、これまで異なる生活環境へ移行するのは、リダ宅に住んでいることや、全体の四分の三が少なくとも混血で、自分と同じように根強い西洋志向を持つグループに属する学校の仲間たちとのつき合いが途切れず続いているおかげで造作もないことだった。ぼくはあるとき、ウールフがリダの姓を名乗る可能性を二人して検討しているところに居合わせた。それどころか、リダがしばらくの間、ウールフを「エド」とか「テッド」とか、そんな類《たぐい》の名で呼びかけていたのも覚えているが、それは長続きしなかった。ぼくらは時おり、ウールフが一人で足繁く通っている映画館へ行った。西部劇は、もはやターザンやホラー映画ほどぼくらの興味をそそらなくなり、また、性的な刺激を求め、ぼくらはすすんで年齢制限を破った。映画の終わった後、そこにはたいていウールフの友人数人が一緒だったが、ぼくらは、サービスと内装に関してはアメリカのドラッグストアを目標にしている中国系のカフェに好んで入った。ニッケルとガラス細工に囲まれて、ぼくらは止まり木に座り、電動のレコードプレーヤーから流れるけたたましいジャズを聴きながら、アイスクリームや炒麵《バーミー》を食べた。また、女の子たちとも接するようになっていた。それはおおかた、ウールフの知り合いの女きょうだいであり、浅黒い肌をした早熟なタイプの少女たちで、その不可解なしのび笑いや甘えた態度の攻勢は、ぼくをどぎまぎさせた。ウールフは、肌や髪の色がかなり白いポッピーとかいう女の子をとりわけ気に入っていた。この少女の家でぼくらはダンスを習った。当時のぼくらはダンスができないことを、教養に欠けているのと同義だと思っていた。

ポッピーは母親と一緒に住んでいたが、その母親というのは、すこぶる東インド風な、すこぶる太った女性で、離婚しており、母娘《おやこ》の住居は町はずれの新しく開発された地域にあった。近代的な建物のその小さな離れ風の家の庭には、太陽の光が激しく照りつけ、そこにはまだなにも生えていなかった。ステンドグラスの施された表側の部屋も、耐えがたいほどに暑かった。ぼくらは、いくらか擦り切れたレコードから流れるタンゴや四分の三拍子のもの悲しい曲に合わせ、汗で服がべったり張りついた体で女の子たちをリードした。ポッピーの母親は紙の扇を手に、椅子にどっしりと腰かけ、ぼくらを眺めていた。ダンスや映画鑑賞は当時のぼくらの主な息抜きだったが、時には日曜日に遠出をし、できればタンジュン・プリオク港▼17やその外にあるマングローブの森まで足を延ばした。ぼくらは、赤茶色の帆を立てた大きなプラウ船が通る運河沿いの、鼻の曲がるような臭いの漂う魚市場をぶらぶらした。そして、細い桟橋の先にある灯台のところまで歩いたが、そこには藻やぬるぬるした貝がびっしり付着している砕けたセメントの塊《かたまり》がいくつかころがっていた。潮風でさえ、ここでは暑さを和《やわ》らげる助けにはならなかった。白熱の光が、波トタンの倉庫や、小砂利の撒かれたドック、魚市場の周囲の白い家々の上に揺らいでいた。海上には蒸気がたちこめ、遠くの景色を遮っていた。時おり、ぼくらは桟橋から沖のほうへ泳いでいったが、それは主に度胸だめしのためで、そのあたりにサメがいるのを知っていたからだった。病的に白い木の幹の間にマラリア蚊の群れが翅音を立てて飛び回ってはいても、もっと魅力的だったのはマングローブだった。歩いていける場所の土壌は足裏にやわらかく、塩けを含んだ腐臭がした。草木が水からじかに突き出しているようなところの根の周囲では、吸引するような音が絶えず聞こえ、陸地と海との境目あたりの泥層の表面には、泡がはじけていた。あちらこちらに樹木に囲まれた小さな砂浜があったが、そこの水で泳ぐ気には到底なれなかった。しかも、服を脱ごうものならすかさず刺しに来る蚊たちがぼくらを放っておいてはくれなかった。ぼくらはたいてい、海岸に沿って

▼17　オランダ領東インド植民地時代の一八七七年開港。

ずっと、行く手をしつこく遮る小枝をくぐりぬけ、一列になって小道を歩いた。地表が乾いている場所があれば、しばらく座ったりもした。ぼくらの話題はいつも同じ事柄に終始していた。つまり、学校、共通の知人たち、スポーツ、映画館、そして女の子たちのことだ。あるとき、将来についての話になった。ぼくらは地面に寝ころんで膝を立て、頭の下にはそれぞれハンカチを敷いていた。周りは虫だらけで、ぼくらはそれをタバコの煙で追い払っていた。ぼくはウールフに、自分はエンジニアになるつもりだと話した。そして、その動機をあれこれと詳しく説明してから「ウールフは？」ときいた。「今でもNIASへ行こうと思ってる？　それがウールフのほんとうにしたいこと？」ウールフは、タバコの吸殻を遠くの灌木の間へ投げつけた。そして「ああ、それで悪いか？」と、無関心に言った。「二つに一つじゃないか。事務所勤めなんて、ぼくはまっぴらだね。医者なら、少なくとも一国一城の主だ。そうしたら、皆こぞってぼくに〈切られ《ポトン》〉にやってくる」ウールフは〈喉をかき切る〉というときによくされるように、それらしい音をつけて自分の言葉を説明してみせた。「そりゃ、患者さんには結構なことだな」と、ぼくは言った。「きっと、ウールフを怖いと思うだろうね」、「皆、村《デサ》の奴らは」もう一本タバコに火をつけながら、ウールフは呟いた。「呪師《ドウクン》は薬草《オバツト》や呪文《グナグナ》で、まだまだたくさんの人を死なせてしまう。皆、本物の医者より魔術にかかりたいんだ」、「いや、だけど、ウールフのことならもっと信用するさ、だってウールフは……」ぼくは言いかけた。そのとき、ぼくはこう言おうとしていたのだ――「だって、ウールフは、そのうちの一人なんだから」――しかし、その言葉をのみこんだ。禁じられた話題にあえて触れようとしていたぼくは、そのとき、ウールフの黒く脅すような、すばやい横目の視線を受け止めたのだ。「そして、その後はどうするんだ?……官職につくのか?」ぼくはあわててきいた。それは、東インドの現地医師養成のための奨学金があると聞いたことがあるのを思い出したからだった。

ウールフは肩をすくめた。そして、全身の重みを足裏の先にのせてしゃがみ、ゆらゆらとバランスを取っていたが、その力の抜けた肩や背中、腰の線は、出自を物語っていた。「たぶんね」ウールフははぐらかした。そして、短い沈黙のあと、こうつけ加えた。「そのうち、ここから出ていきたいんだ」ぼくは驚いてがばっと起きあがり、「オランダへ行くのか?」ときいた。

ウールフは、東インドでは肯定の返事の代わりになる、二重音の喉音を発した。そして「できればアメリカだ」と唐突に言い、小石と貝殻屑をまとめて一摑みすると、ぼくらのいる場所からさほど遠くない枯れ木の幹をめがけ、すばやく続けざまに投げつけた。アメリカはウールフにとって約束の地であり、ぼくら二人の空想の中では、あらゆるものが世界中のどこよりも大きく、優《まさ》っており、美しい国だった。映画や読み物からの影響で、ぼくらはアメリカのことを、摩天楼や最先端の技術のすぐ隣にもう一方の対極、つまり〈西部の荒野〉がある場所だと思っていた。しかし、ウールフの願いは、冒険へのあこがれに限ったものではなかった。ぼくは後に、ウールフが——もっとも、それは見当はずれだったのだが——新世界では、自分、あるいは他人に対しても、人種や階級という考え方など大した問題ではないのだと信じていたことを知った。

ぼくらは、リダのことも話した。ウールフのリダに対する姿勢がはっきりとわかったことは一度もなかった。今、こうして書きながら当時を思いおこすと、ウールフがリダと接するとき、親愛の情を示していたか、そもそも敬意を表してさえいたかというえば、そうとは言えない。リダの行き届いた世話やウールフのために払った犠牲、ウールフの学力向上に対する絶えることのない関心、寛容さや信頼を、まったく当然のことのように見なしていたように思えた。前にも述べたように、ウールフは受動的だった。ウールフは、過去にクボン・ジャティに住むことやぼくとの関わりを受け入れていたのと同じようにして、自分に与えられた道を歩んでいたのだった。リダとウールフとの間に実際になにか特別な関わりがあったとは、ぼくには思えない。ウールフはわりと従順に、たいがい、逆らうことなくリダの望むとおりにしていた。お互いの間の感情の絆を云々するのは、おそらく彼女の望むところでさえなかったのだろう。リダはただ、恩恵を授ける者としてこの生命の成長に関与したかっただけのことだ。そして、その生命はあらゆる表現形態において自分とはあまりにも異なり、しかし、だからこそ彼女を魅了したのかもしれない。リダ自身、好意の感情や願望を外に表わすには、あまりに控え目で冷静すぎた。ウールフが持ち帰るすばらしい成績表や、みすぼらしい土着の少年から垢抜けた生徒に生まれ変わったことで、リダも報われる思いだったことは想像できる。ちなみに、リダは新しい移転先での仕事に追われ、ウールフの世話を焼く暇はあまりなかった。

リダのペンション〈アウド・ブッスム荘〉は順風満帆とはいえなかった。自分の性格や気質と相容れない環境でリダがいかに悪戦苦闘しているかと思うと、ぼくは気の毒でしかたがなかった。ウールフが十五歳──MULOの二年生──のとき、リダは偶然に、ウールフが午睡《シエスタ》の時間、お菓子やちょっとした買い物の使い走りという名目のもとにペンションに逗留する件《くだん》の若い女性たちのところへ行くのが、まったく罪のないとは言い切れない性質のものだったということを知ってしまった。ぼくは、事の顚末を後にウールフから聞いた。それをここで詳述しても意味はないが、これはリダにとって顔をがつんと殴られたような出来事だった。そして、そこで初めて、ウールフにはこの領域でも指導が必要なのだということを悟った。リダらしかったのは、ウールフには落ち度を認めずに女性客たちに出て行くよう言い渡し、抗議や見え透いた仄めかしにも聞く耳を持たなかったことだ。知らなかったとはいえ、このような風紀を身近に許していたのかと、リダはひたすら自分を責めた。そして、この新たなウールフの養育問題を前にして途方に暮れた。いまや、ウールフの行動をより厳しく監視し、あらぬ心配をするようになったリダは、ウールフが女の子たちと町をうろついたり、ポッピー宅のダンスパーティーに出かけたり、映画館通いが頻繁に続いたりすると、ぎょっとした。リダには、ウールフのことがわかりすぎるほどわかっていた。身につけさせる必要があるのは、生物学的な事実ではなく、上品と下品、粋と無粋との違いを区別することのできる力、生きた知恵《サヴォワール・ヴィーヴル》なのだ。いうなれば、内面の躾《しつけ》、まがい物に対して距離を置く術なのだ。リダは、そのような事柄を指南するのは男性のほうがふさわしいように思った。そして急に、今後もさらに難しい年月を過ごすことになるウールフがリダのペンションに住み続ければ、思わぬ軋轢《あつれき》を生むのではないかと予測した。それはなにも、例の女性たちとの事件がくり返されるのを恐れてではなく、ウールフに必要な規律正しさを身につけさせるには、リダの力が及ばないからだった。当然のなりゆきとして、リダは身のまわりで聞き知ったことのある唯一の権威に話を持ちかけた。それは、ぼくのいた寄宿舎の舎監だった。他の生徒たちとは生い立ちも進路もきわめて異なる少年を受け入れてもらうのに、リダがどのようにして舎監を説得したのか、ぼくにはわからない。そこには美談というより商談が成立した恐れもあるが、しかし、誰にそれが断言できようか？　舎監がリダに同情したという可能性もある。ウールフはMULO時代の終わりまでを寄宿舎で過ごした。初めのうち、ウールフは束縛されたことで傷つき、腹を立てていた。厳格な日課や寄宿舎の雰囲気は、ウールフの性質に最も合わないものだった。ウールフは傍若無人で、外出時間の門限を破り、誰に対しても心を閉ざした。ぼくに対してさえも。しかし、ぼくには次第にわかってきた。この態度は自由を束縛されることや反抗心から発していただけではなく、そのほとんどが他の少年たちから一目置かれたいという思いに起因していたのだ。それというのも、少年たちに認められる唯一の方法は蛮勇を振るうことだとウールフが知っていたからだ。ぼくがウールフの友だちであるということは、ウールフが寄宿舎に住むようになる前からおよそ知られていた。ぼくはウールフの生い立ちを隠そうとしたことは一度もなかったし、少年たちの考えも、それが批判や侮辱を含んでいる場合には、気にする必要のないどうでもいいことだと思った。「バル市場《パサール・バル》で、きみが下男《ジョンゴス》と一緒にいるのを見かけたぜ」とか「おまえ、またあの土着民と一緒に出かけていただろう?」というような声も、ほとんど気にならなかった。それが冗談の類に過ぎず、それで寄宿舎の少年たちとの関係がよくも悪くもなるわけではなかったからだ。しかし、ウールフがやって来てからというもの、それは一変した。皆の中で、ぼくらはまもなく一種の孤立状態で過ごすようになった。その状況に、なにか排斥や抗議をほんの少しでも思わせるようなものがあったと言いたいわけではない。ほとんどの者は何も意識していなかったはずだ。ウールフの開き直った態度にどの程度効果があったのかは不明だ。暴れん坊というのは、ぼくらの間ではつまはじきというよりもむしろ崇《あが》められるほうがふつうだった。距離が生じたのは、ウールフが曰《いわ》く言《い》い難《がた》く〈異なる〉こと、そのふるまいや生来の気質の微妙な差にあり、あえて言葉にするならば、それはウールフから発せられるオーラのせいだったのではないか。

ウールフに対するなにがしかの敵意からということではなかった。それよりもむしろ、一種の無関心、興味の欠如からだった。なんとか目立とうとして取ったウールフの行動は無駄な試みだった。そのようなすべてに、ウールフはかなり早くから気づいていたに違いない。その後もしばらく傲慢無礼な態度を頑強に続けていたウールフは、あるとき突然、クボン・ジャティにいたときでさえ見られなかったような、引きこもった態度になった。そして極端に無口になり、暗くひそかに窺うようなまなざしがウールフの瞳から消えることはなかった。ぼくらが寝起きするのは同じ部屋だったが、二人のルームメイトがいる前では親密な会話はできなかった。それに、ウールフが果たしてぼくに心を開いてくれるかどうかもわからなかった。一緒に行くことがめっきり減ったハイキングの際にも、ウールフは用心深く距離を置いていた。しかし、ぼくはなにもこんなに長い間、だてにウールフの近くで過ごしたわけではない。自分自身が思春期の問題に捕われていたにしても（当時、ぼくもまた道標《みちしるべ》のない日々を過ごしていた）、ウールフが何に苦悩しているのかを同情もせずに思わなかったわけではなかった。ウールフがMULOではなんの苦もなく手にしていた平等意識が、ぼくらの間ではそうはいかないのだ。服装にしろ、態度にしろ、ウールフが望む――つまり、ぼくらの一員としてみなしてもらえる――ようにはならなかった。ウールフとぼくとの間が疎遠になりはじめたのも、おそらくこのころだっただろう。ウールフには、自分を拒絶しているように感じるヨーロッパ人グループとぼくとを同一視するよりほかに術がなかった。ぼくは、学外でのウールフがハーフの少年少女とのつき合いをやめたのを知っていた。そして今では、アブドゥラー・ハルディンとかいう、ウールフと同じくNIASへ進学する予定のアラブ系の血が一族のどこかに流れる少年とかなり頻繁にやり取りしていた。ぼくは、自分を疎外するこの仲間意識にすこぶる嫉妬した。それがウールフ自身、アブドゥラーのどちらから発せられたのかはわからない。実際、ぼくら三人が一緒にいるということは、まったくと言っていいほどなかった。後から思えば、もしかしたらウールフは、アブドゥラーとつき合うことで寄宿舎での状況とのバランスを取ろうとしていたのではないかという気がする。アブドゥラーはずんぐりして、縮れた髪に賢そうな顔つきをしていた。大きな黒ぶちのメガネをかけているせいか、いくらか剽軽《ひょうきん》に見えた。アブドゥラーのユーモアのセンスはウールフとひじょうに似かよっており、二人は観念の世界――成長するにつれ、ぼくには遠ざかっていくように思えた世界――を共有していた。いまや、毎日曜日や夜の自由時間に、リダのところへ一緒に行かないことのほうが多くなっていた。なぜなら、ウールフはすでにアブドゥラーとの先約があったからだ。ぼくは不愉快に思い、あるとき、それをとやかく言ったことがあった。ウールフはじっと黙ってぼくを見つめたが、そこにはある種の満足げな様子さえ表われているかのように見えた。互いにわかり合うことなど不可能だった。休暇中、クボン・ジャティへも出かけることがあったが、そこはすっかり変わってしまい、まるで魔法を見ているようだった。家の中は新しい家具だらけで、砂利の敷かれた歩道やよく手入れされた花壇のある庭はすっきりと整備されていた。使用人たちは知らない顔ばかりだった。少しふっくらしたウジェニーは意気揚々としたようすで、農園支配人の邸宅のみならず、農園の残りの部分にも采配を振っていた。父は元気で満足そうだった。いまや二重あごになり、贅肉が襟首まで垂れ下がったその様は、奇妙なことに、ウールフとぼくが子どものころによく捕まえた大きなカエルを彷彿とさせた。どっしりと椅子に座り、ワイシャツの袖をまくり上げ、腹の上にはズボンのベルトがはちきれんばかりの父を見ていると、数年前には中の間で、かすれた音の蓄音機の隣に悄然と座っていたのと同じ男とはとても思えなかった。蓄音機はなくなり、今その場所には、ぼくの義理の弟のベビーサークルが置かれていた。父は、母がぼく宛てに書いた手紙を何通かくれたが、それはニースからで、母はそこに住んでいるようだった。かすかに香水のついた薄紫色の紙に、ぼくは嫌悪を催した。母は、ぼくがまだほんの子どもであるかのような書き方をしており、そこには最新式のレーシングカーの新聞の切り抜きが同封してあった。ぼくは、ウジェニーがそれを見ているのに気づき、頭に血がのぼった。母は、ウールフにもよろしく伝えよう、また「ウールフは何になったのかしら？」と書いていた。手紙を客間の棚にしまいこんだぼくは、返事はしないことに決めた。ヘーラルドは休暇を取っており、つまり、クボン・ジャティでのぼくは完全に孤立しているように思えた。ぼくは、唯一変わっていない、また、かつてと同じように魅力を湛《たた》えた茶畑をさまよった。緑のほろ苦いような香り、空へ向かって咲く火焔樹《フランボヤン》の花々、静けさの中に遠くから聞こえる茶摘みたちの声、それらはすべて、今も昔のままで、ここでは過ぎゆく年月などお構いなく、夢のように儚《はかな》いもののように思えた。ぼくは谷間を見下ろす草の上に座り、青みがかった熱い蒸気に覆われた平原をじっと眺めた。そして、村《デサ》の竹林にさらさらとそよぐ風の音を、緑の中の小川のせせらぎを聞いていた。ランタナの花々の上には、いつもどおり、蝶が群がり舞っていた。そこにウールフの姿がないのは辻褄が合わない気がした。ウールフの存在なくしてこの山の世界を感覚的に受け止めることは、ぼくには不可能に思われた。ウールフのいないこの景色は不完全なのだ。ぼくは、この心の空白を少しでも埋めようとシドゥリスのところへ一度出かけてみたが、そこでもよそ者になっていた。シドゥリスは、ぼくを以前のように名前で呼ぶのを恐れているようだった。そして、ぼくが大きく、あまりにも大きすぎてテラスのマットの上に膝を屈めて座ることはできないと思った。部屋からぐらついた椅子が運ばれ、ぼくは、シドゥリスやその同居人たちの頭上をはるか高く突き出してそれに座ることになり、とんでもなく居心地の悪い思いにかられた。シドゥリスは、目下の者が目上の者に対して用いるようなスンダ語の言葉づかいや表現でぼくに話しかけた。ぼくも同じように話したいのはやまやまだったが、からかっていると思われるのではないかという恐れから敢《あ》えてしなかった。シドゥリスは、もう二年以上会っていないウールフのことをぼくに尋ねた。そして、誇らしげであると同時にどこか悲しげにも聞こえる口調で、ウールフのことを話した。訪ねて来ないことやなんの音沙汰もないことについては一言の愚痴もこぼさなかった。ウールフは永久に自分たちの世界の外の人間になってしまったものとシドゥリスが見切りをつけ、距離を置いたような感じをぼくは受けた。シドゥリスの家に長居はしなかった。道を下りながら、水田《サワ》や、緑の山肌や、その上に浮かぶ雲というような周りの景色が、これがこのすべてを目にする最後なのだという、意識の外にある予感のように、かつてないほど大きくぼくの網膜にはっきりと刻みこまれるような気がした。黒い湖《タラガ・ヒドゥン》へも出かけた。ドゥポの事故以来、そこへは一度も行っていなかった。湖は、不思議なことに、真昼でも月に照らされているかのような趣《おもむ》きを湛えていた。山々の頂と突き出ている樹冠との間から湖面へ射し込む光は金緑色で、教会の窓ガラスのかけらを透かしたようだった。ぼくは、ウールフの父親が水底深く消えていったあたりの湖水に、浮かぶ植物や輪やさざなみのような水紋を見ていた。森の中には、あたり一面に、昼下がりの静けさが広がっていた。ただ、木々の梢高くの葉だけが微風にそよぎ、揺れていた。以前はコンベル婆が潜んでいると思っていた緑の間の暗がりに、ぼくは目を凝らした。お化けや死霊の存在を信じる気持ちをとうの昔になくしていたぼくでも、湖の不気味さは少しも薄れてはいないと思った。ぼくには暗緑色の湖水を見つめるときにかられるこの恐怖、不安な気持ちが、なんというものか、なんなのか、わからなかった。ときに、湖には、水がゆっくりと、ほとんど静止しているように思える場所があり、そこでは水面に映る木々もくすみ、ほかの場所には見られる暗さ、そして透明さが欠けていた。ぼくは、輪郭のはっきりしたその奇妙な場所を見つめていたが、ふと、水中にどす黒い血のような色の陰翳が見えたように思った。ひらひらと落ちてきた木の葉が一枚、ぼくをとびあがらせ、胸は動悸を打った。湖は敵意を孕《はら》み、よそよそしく、まったく得体の知れない存在だった。雲が太陽の前をよぎり、湖水が翳った。ぼくは、道幅の狭い急崖の小道を急ぎ足で下り、草木の根や石に躓《つまず》きながら大通りへ向かった。なにかがぼくを振り向かせようと誘っているような気がしたが、必死にそれをこらえた。あくる日、ぼくはバタヴィアへ戻った。

ウールフはMULOの最終学年を修了し、スラバヤへ発った。ぼくのほうではHBSの四学年目が始まった。予想はしていたが、手紙を書くのはウールフの得意とするところではなかった。だから、ぼくはリダから伝え聞く知らせで満足しなければならなかった。リダのところへは以前よりも足繁く通うようになっていたが、それはウールフのニュースを聞きたいがためというよりも、スカブミのリダ宅で知った家庭のかすかな名残り、寄宿舎には完全に欠けている家庭的な雰囲気を求めてのことだった。しかしリダには、もはやそんな空気を創り出せるような余力はなかった。熱帯の暑さや心配事が神経を苛立たせ、宿泊客や使用人とのあれこれは、結局リダの猜疑心を呼び起こしてしまった。ただ、よくからかいはしたがその実ウールフとぼくがいつも評価していた〈洗濯石鹸体質《ナチュラルソープ》〉が、時おり、ふと顔を覗かせることもあった。ペンションの経営に落胆するにつれ、リダのウールフに寄せる期待は高まった。リダは、同期の仲間、主に現地人学生に囲まれたウールフの写真を見せてくれた。「元気そうだわ、そう思わない?」裁縫用のメガネごしに写真をじっと見ながら、リダはぼくにきいた。「うまくいってるのよ。そりゃそうよね。あんなにのみこみの早い子だもの。スラバヤって、きっといいところなんだわ。アブドゥラーと一緒に住んでるのよ、一族のお宅にね」その声が願望の響きを含んでいるのに気づき、ぼくは思わずはっとした。リダのやつれた顔には頬骨が浮き出て、いつものように汗ばんだ額にはりついている前髪は白くなっていた。突然、閃光のように、リダがなにを言わんとしているのかがわかった。スラバヤへ行きたいのだ。ぼくの推測が正しかったことは、その後の数カ月のうちにはっきりした。リダはウールフの手紙についてさらに詳しく話してくれた。ウールフの学業への興味はますます増しているらしく、また、どのようなものかの説明はなかったものの、いくつかのクラブのメンバーになり、それに打ち込んでいると。手紙の論調にぼくは少し驚いた。これを書いたのが、あの——映画やアイス・バー通いが好きで、欧亜混血《インド》の伊達男の真似をし、賢いはずなのにうそぶいている生徒だった——ウールフだとは想像し難かった。スラバヤからの手紙には、まったく異なる関心事の表われている箇所があった。ウールフは、政府の医療・衛生の分野における規則を批判し、自分の主張をあきらかにするため、東インド現地の下層民の患者がないがしろにされている例を挙げていた。しかし、それは、自分の言葉ではなく、他人のそれを借用しているのではないかという推測をぼくの心に起こさせるような調子だった。それでもウールフはオランダ政府つき東インド医師の候補生に願い出て、それ故に奨学金も受けていた。ぼくは、リダに対して、思わずそのことを口にした。するとリダは「ウールフが間違いを間違いだとわかるのはいいことだわ」と、曖昧《あいまい》なもの言いをした。やがて、便りが途絶えがちになった。リダは、受け取ったものについて前よりも大っぴらでなくなった。心ここにあらずといった様子でピリピリし、どうしたらいいのかわからない問題にとらわれているように見えた。そして、ついに決断を下した。リダは、人生で二度目にペンションを人手に渡すと、鞄《かばん》や家具を荷車いっぱいに積んでスラバヤへ発った。

ウールフとリダの二人とは、ほんの時おり届く手紙、あるいは葉書、または走り書きの郵便書簡でやり取りしていた。そのような便りから、リダもまた、アブドゥラー一族のところに快く受け入れられていることがわかった。リダは現地人向け病院の看護婦長として働いていた。知らせをくれるのはたいていリダだった。ウールフは、手紙の文面の下に、時おり自分の名やちょっとした挨拶を走り書きしていたが、それだけだった。卒業試験のために必死に勉強していたぼくの時間は飛ぶように過ぎていった。猛勉強の結果、ぼくは望みどおり好成績で合格した。父がバタヴィアへやってきて、今後について一緒に話し合った。ぼくは十七歳、まもなく十八歳になろうとしており、年齢の割に背が高かった。寄宿舎の舎監夫人は、ぼくに長ズボンをあてがってくれたが、それは、つんつるてんになった半ズボンに毛の生えた痩せっぽちの脚のぼくの姿がいかにも滑稽に見えたからだった。父は、社交クラブ〈ハーモニー〉でビールを飲みながら自分の計画をぼくに話した。そして、ぼくがエンジニア志望であることに賛成し、もうその年のうちに工科大学のあるデルフトへ送り出してくれることになった。こうして、あらゆることが目まぐるしく進んでいった。郵便船の予約手続きが整い、ニス塗りたての真新しいキャビン用トランクの準備もできた。そこには、わずかながらのぼくの所持品が詰め込まれていた。ウジェニーの第二子の出産が目前にせまっていたため、クボン・ジャティにはもう泊まらないつもりだった。しかし、スラバヤへは、オランダへ出発する前にウールフとリダに別れを告げるために出かけた。

ウールフは、ぼくと同じように白い長ズボンをはき、駅の出口のところで待っていた。その顔はぼくの記憶にあったよりもほっそりし、輪郭もはっきりしていた。それとほぼ同時に、ウールフが再びトルコ帽を被っているのに気づいた。ウールフは、片腰に重心を傾けぎみに立ち、手を両脇にあてた姿勢のまま、じっと改札口の通路を見ていた。そして、ぼくを見つけるとなにげなくゆっくりとこちらへやってきて挨拶した。その瞬間、ぼくにはウールフが見知らぬ他人であるような気がした。かつての、アメリカ製のカンバス地の靴にいくぶん派手なポロシャツを身につけ、不遜な態度で、すばやく横へそらすその眼差しに含羞とともに嘲りも潜ませているかのようなあの機敏な少年は、今はぼくよりも大人びて、新たな、そして今度は完全に調和の取れた自意識に満ちた生真面目な現地の若者にとって代わられていた。ウールフに対してどのような態度で接したものか、即座にはわからなかった。ぼくらは、それぞれの学業のことや、ぼくの試験やＮＩＡＳについて話したりした。友人や趣味について質問すると、ウールフはしばしば躊躇い、それからこう言った「ぼくは、たくさんの……、同じ考えの仲間とつき合っている。することがたくさんあるんだ」これは以前ウールフの書いていた学生クラブの活動のことを仄めかしているのだと思い、ぼくはこう質問した。「前にも書いていたね、クラブのこと。そこで何をしているんだ？　楽しい？」、「いや、社交クラブなんかじゃないんだ」ウールフはすばやくそう答えた。そして「勘違いしないでくれ。ぼくらにはそんなことに費やす時間などあまりない。だからこそ、かえって楽しいんだ、もちろん」と、つけ足した。「ダンスは、もうしないのか？」ぼくは、冗談っぽくきいてみた。ウールフのまなざしは暗く翳ったようになり、また、にこりともしなかった。そして「すべきことがたくさんあるんだ」と、もう一度くり返して言った。ぼくらが駅で乗り込んだ二輪馬車は、たくさんの樹木に囲まれた静かな通りにある、東インドの大きな古民家の前で止まった。表のテラスは、欄干や低い塀に並んだ椰子《やし》やシダやアジアンタムなど、大小数えきれないほどの鉢植えの背後に隠れてほとんど見えなくなっていた。室内の暗がりから、ゆったりとした花柄の木綿のワンピースを着て、足はスリッパ履き、後へぴったりとなでつけた白髪を顔の両脇にヘアピンでとめた女性が姿を現わした。そのけだるそうな歩き方には、明らかに東インド風のものがあった。それはリダだった。

「こんにちは」リダは、以前の面影のうっすらと残る、爽やかな笑顔で言った。そして額を手でぬぐうと、ぼくを中に招き入れた。家の奥には、アブドゥラーとその親戚――パジャマ姿の太った年長の男一人、ジャワ風の繊細な顔だちをした十六歳くらいの少女が二人――がいた。アブドゥラーはウールフほど変わってはいなかった。そして、ぼくに向かってにこやかにあいさつし、ロッキングチェアーに座るよう勧めた。ぼくらの会話はいくぶんぎこちなかった。ウールフも、リダも、そしてぼくも、以前の年月のような打ちとけた話し方を取り戻すことはできなかったし、それはもう永遠にありえないことのようにさえ思えた。ぼくには、素足につっかけたスリッパをぶらぶらさせ、やや前かがみで砂糖漬けのタマリンドの枝を手で細かく砕いているこのリダが、スカブミで、後にはバタヴィアで知っていた女性と同一人物とは思えなかった。そもそも、リダがこの家に住んでいる理由がぼくには謎だった。スラバヤには住宅難などなく、ウールフのそばにいたいというならば、他にもなにかしら手段があったはずだった。古風にしつらえられた裏のテラスにはたくさんの鳥かごが吊り下がり、種々の鳥たちが忙《せわ》しくさえずりながら上へ下へと飛び交っていた。九官鳥《べオ》が一羽、足を細い鎖でつながれ、杭の上にとまっていた。ここもまた、草花やシダの陶器の鉢植えに溢れていた。裏庭は薄暗く、枝垂れた枝葉やガジュマルの気根がそのほぼ全体に蔽いかぶさっていた。奇妙に聞こえるのは承知の上だが、ぼくには、この植物や鳥たちでいっぱいの暗く翳った裏のテラスと太陽の前を雲がよぎったときに見たタラガ・ヒドゥンとが、しばらくの間、重なり合ったように思えた。その印象は、アブドゥラーのいとこの一人がただのまるい曇りガラスのランプに火を灯すやたちまち周囲に虫たちが群がっても、部分的にしか消え去らなかった。

夕食後、会話はいくらかなごやかなものになった。リダは、ぼくにとってはなんとも奇妙な、引きずるような口調で、自分の病院の仕事について話した。ぼくは、ヨーロッパ式の病院に働き口を求めなかったのはなぜかとリダにたずねた。リダは、ぼくには不可解な視線をウールフとアブドゥラーと交わした。「リダは、今ではマレー語がきちんと話せる」と、ウールフは言った「それに、ジャワ語も学んでいる」すると「ウールフが人民のもとで働くときに手伝うためにね」と、自分の養子から目をそらさずリダが補足した。「そのうち……きっと必要になるから」眼にうっすらと笑みを浮かべ、ウールフは言った。「でも、官職につくんだろ？」それに対する肯定の返事を聞きたかったからというより、自分もまた会話についていける話題に戻そうとしてぼくは質問した。ピーナッツ《カチャン》を剝いていたアブドゥラーがさっと頭を上げた。「いや、ぼくは官職にはつかない」と、ウールフは答えた。「でも、奨学金をもらっている――それとも、ちがうのか？」ぼくは、あえて述べた。

「リダが学費を払っているんだ」ウールフは頭でそれとなくリダのほうを指しながら言った。ぼくは、一人、また一人へと視線を移した。虫たちがランプの周囲でざわめき、唸《うな》りながら飛んでいた。そういえば、それまでほとんど口を開いていない老人は、黙ったまま椅子を前後に揺らしていた。リダは、テーブルの縁の竹のささくれを毟《むし》っていた。しかし、ウールフとアブドゥラーは、ぼくの視線を受け止めていた。ぼくは突然、二人が長いこと待っていたのは今この瞬間だったのではないかという思いにかられた。二人は相手に手の内を明かしたかったのだ。その瞬間、彼らにとってのぼくは、二人が全身全霊をかけて背を向けたものの象徴、それを人格化した存在となっていた。ぼくは、この静かな裏のテラスで、ともすれば逃げていきそうになる現実をなんとか摑まえていようと必死だった。「どういう意味なんだ？」ぼくはウールフにきいた。「オランダ政府にお恵みを乞うなどまっぴらだということだ」ウールフは平然と答えた。「ぼくは、きみたちの助けなど必要としていない」――「きみたち？」ようやくウールフの言葉の意味を理解し、頭に血をのぼらせながらぼくは言った。「リダには恵んでもらってもか？」――「リダは、ぼくらと同じ考えだ」ウールフは誇らしげに言った。これが発端となり、ついには論争となったが、ぼくには無縁の事柄だらけだったため、もっぱら防戦に追われることになった。ナショナリズムの波や植民地政府非公認の学校、東インド現地人社会のある特定の階層の間で醸成しつつあった機運について、ぼくはほとんどなにも知らなかった。そしてウールフとアブドゥラーが、今になってこうして烈火のごとく、オランダ政府に対し、オランダ人に対し、いわゆる白人全般に対し、断罪や激しい非難を吐き出すのを黙って聞いていた。その主張の多くは根拠に欠け、不当なものだと思ったが、二人を論破しようにも、ぼくはそれだけの論拠を持ち合わせていなかった。ぼくの驚きは分刻みに増していった。それは、革新派の学生や若い扇動者たちに囲まれた新たな環境の中で、ウールフがすっかり弁舌家となっていたのがわかったからだ。「村《デサ》の人間、一般民衆は、意図的に無知のままおきざりにされていた」テーブルごしに身を乗り出すようにしてぼくを見据えながら、ウールフは激して言った。「きみたちは、自己の利益のために、民衆の発展を妨げていた。でも、それももう終わりだ。これからは我々が引き受ける。影絵芝居《ワヤン》人形も、ガムランも、迷信も、呪師《ドゥクン》もいらない——我々はもはやマタラム王国[▼18]の住人ではない、ジャワは観光客用の絵葉書の景色のようである必要などない。そんなよけいなものなど、いったいどうしろと言うのだ？　ボロブドゥール[▼19]だとて、ただの古びた石の堆積に過ぎない。我々に工場を、軍艦を、近代的な医療施設を、学校を、我々に自決権を与えよ……」そうしてウールフが、左手の握りこぶしをふりまわし、語句を強調しながら論じる間、ぼくは、周りでまじろぎもせず聞き入っているほかの者た

▼18　十六世紀末から十八世紀半ばまで中部ジャワを中心に栄えたジャワ人の王国。オランダ東インド会社によって滅ぼされた。

▼19　ジャワの大乗仏教遺跡、大規模で石造。

ちの顔をまるで夢の中のことのように見ていた。裏のテラスのランプの光の届かない薄暗い片隅で、アブドゥラーのいとこたちが囁き合っていた。老人はたびたび深く頷き、同意を示していた。アブドゥラーはピーナッツの皮をむき続けていたが、顔を上げると、その目がメガネの向こう側できらきらと黒く光っているのが見えた。リダは、時おり「そう――そうよね」と相槌を打った。テーブルの竹のささくれを剝がし取ったリダは、それを爪で細く裂いていた。そして、一度たりともぼくのことを見なかった。おそらく、リダはぼくの存在を密《ひそ》かに決まり悪く思っているのだろう、リダにはこれが新たな理想であり、自分の孤独で幼子のような心にとって最後の頼みの綱なのだと、心の奥底で察してもいるのだろうと思った。そんなリダを思いやると、苦しくて息が詰まりそうだった。そのときもし、このような種々の事柄についてぼくがもっとはっきりと意見を述べることができたなら、事態はかなり違っていたかもしれなかった。ぼくは、ウールフとアブドゥラーの向かい側に、まるで悪夢の中で役を演じているような気分で座っていた。この非現実的な感覚は、その後用意された部屋で眠るときにもまだ残っていた。大きく開かれた窓から、ガジュマルの枝の向こう側に星々が瞬いているのが見えた。周囲には、聞きなれた東インドの夜の数知れぬ響きがしていた。しかし、ぼくはどこかしらよそ者のようだった。隣り合った部屋からは、ウールフとアブドゥラーのくぐもった話し声が聞こえていた。二人の世界とぼくのそれとは完全に断ち切られた。

ぼくはヨーロッパへ発った。それからしばらくの間の出来事——ニースの母のもとでの短期滞在、デルフト工科大学での勉学、それが戦争により中断され、後にはドイツ軍の措置により完全に停止されたこと——を、ここでくどくど述べる必要はないが、ぼくは、知り合いの誰彼のほとんどと同じく、非合法活動《レジスタンス》に関与した。ウールフとリダ、父やその家族を案ずる思いは募《つの》る一方だったが、その運命は想像するよりほかに術がなかった。日本軍の降伏後、いくばくかの知らせがぼくの耳に届いた。父は死に、ウジェニーと子どもたちはバタヴィアでオランダへの渡航の機会を待っていた。消息を知ろうとあれこれ手を尽くしてはみたものの、ウールフあるいはリダからはなんの連絡もなかった。大学を卒業すると、ぼくは何年も前から計画していたことを実行に移した。東インド勤務の仕事を探したのだ。現地の混沌とした情勢、日本軍の占領が残していった異様な力関係も、ぼくを不安に陥《おとしい》れたりはしなかった。それは一時的な混乱だと疑いもしなかった。戦後の祖国でさかんに批判されていた――それが当たっていたとしてもそうでなくても――〈植民地主義的な〉考え方は、ぼくには無縁のものだった。東インドへ戻りそこで働きたいというぼくの願いは、主として自分が生まれ育った国への連帯感に深く根ざしたものだった。ぼくがオランダで過ごした年月は、それがいかに重要だったにしても、かの地での子ども時代、学校時代ほどではなかった。

人には誰しも魂の原風景があり、その風情、景色が人の存在の奥底に潜む琴線に触れて心を震わせるというが、もしそれが本当ならば、ぼくにとっての原風景は――昔も今も――、プリアンガンの山並みだった。茶の木々のほろ苦いような緑の香り、岩の上を流れる透明な渓流のしぶきの音、山のふもとを覆う青い雲の影。これらすべてのものへの願望が耐え切れない疼《うず》きになり得ることは、連絡がまったく途絶え、再訪することも叶わなかった一連の年月にわかっていた。ハーグで会ったウジェニーがかの地に満ちた残虐への非難を激しくヒステリックにまくしたてても、東インドの地を再び踏めるというぼくの喜びに水を差すことはできなかった。[▼20] ぼくのバタヴィア到着は、簡明を期して仮に警察行動と呼んでおくものが勃発したのとほぼ同時期だった。

ウールフの行方は知れなかった。NIASの医学生の消息を知るためのデータは欠落していた。バタヴィアの通りは以前より雑然としてはいたが、例えば、苦悩と老齢に醜く変わり果てた知人の顔にもやはり親しみを覚えることがあるように、ぼくにとっては馴染みのあるものだった。道を通りすがる人々の中に、無意識のうちにウールフを探した。そして、百回くらいウールフを見たような気がし、近寄ってみては同じ数だけ落胆した。アブドゥラーとは、アネタ報道社[21]が公式声明を発したとき、殺到する人だかりの中で一度遭遇した。以前よりもずっと痩せ、みすぼらしくなってはいたものの、ぼくにはそのメガネからアブドゥラーだと一目でわかった。「アブドゥラー？」ぼくらを隔てている人々の頭ごしに、ぼくは声をあげた。アブドゥラーははっと頭を上げ、目であたりを探していた。ぼくが見えただろうか？　アブドゥラーのメガネには太陽の光が反射し、その視線の先をうまく辿ることはできなかった。とはいえ、アブドゥラーはひしめき合う人々の中で一瞬立ち止まり、顔をこちらへ向けていた。ぼ

▼20　訳者あとがき（164頁）参照。

▼21　一九一七年オランダ植民地政府下で設立された通信社のオランダ語名称（Algemeen Nieuwsen Telegraafagentschap）の略。

くはそこへ行こうとしたが、辿りつく前に、反対方向から来たアブドゥラーはぼくからほんの数メートル離れたところを通り過ぎていった。ぼくは急いで周りの人々をかきわけながら、再度その名を呼んだ。しかし、アブドゥラーの姿はそのときすでに人ごみの中に消えていた。

与えられた任務は、共和主義者たちに破壊されたプリアンガンの橋の復旧作業だった。最初の配属地点はクボン・ジャティから車でほんの数時間のところにあり、ぼくは、その地域への巡回パトロール隊に同行できる機会が一刻でも早く巡ってくるようにと、はやる思いを抑え切れなかった。無蓋トラックの荷台に立ったぼくは、愛しい景色を見渡した。くぼみや穴だらけの道路の両側には、思い出の中にあるのと同じ緑の裾野、同じ竹林があった。水田《サワ》の水は太陽に輝き、それは変わらぬ静けさの中をゆっくり過ぎ行く雲のほかに、傾き、あるいは切断された電柱や、切れてもつれた鉄線も映し出していた。汚れたぼろを纏った人々の群れが、トラックを無感動な目でじっと見送っていた。小さな子どもたちだけがトラックの車輪の轟音にも負けない甲高い声を上げながら、道路脇でぴょんぴょん飛び跳ねていた。ウールフとぼくがよくスカブミ行きの汽車に乗りこんだ駅は、黒く焼け焦げた石でできたただの間取り図と化していた。かつて露店商《ワルン》たちが立っていた場所には雑草や灌木が生い茂り、道の向かい側にあった村《デサ》の家々は消えていた。道のカーブに差しかかり、車は今、茶畑のはずれに入っていこうとしているのだということがぼくにはわかった。かつてこの地点からは、山肌高く、延々と続く茶の木の列の間に、農園支配人の家がかすかに白く見えたものだった。トラックの脇から身を乗り出したぼくの心臓は動悸を打った。クボン・ジャティもまた、共和主義者たちの撤退ルートだったのだから、昔のままの無傷な姿を見るのは無理だとは思っていた。しかし、農園がどんなに荒れ果て野ざらしであろうとも、これがぼくの帰還であることに変わりはなかった。

カーブを越えた先に広がる光景は、悪夢でさえもこうはあるまいといったありさまだった。黒焦げになった丘陵の斜面は、不気味にむき出しになっていた。トラックは、あたかも巨大生物の屍《しかばね》のあばら骨の間のような道を上っていった。家を見過ごしたと思ったのと同時に、それがもはやそこに建ってはいないことに気づいた。そして、果たしてどのあたりにあったのか、場所を指し示すことさえ、容易ではなかっただろう。トラックの運転手は、廃墟へ行ってくれると言った。パトロール隊は、被害状況を検分するために以前ここに来たことがあったのだ。しかし、ぼくはそれを断り、トラックは黒い丘陵の間をさらに走っていった。原生林のトンネルに突入するとようやく、記憶の中にある景色にふたたびめぐり合った。シダの茂る切り立った岩壁ぞいを滴《したた》る、氷のように冷たいあの細い流れ。緑の間の薄暗い奥底から漂ってくる、土と朽ちた植物のあの匂い。ぼくは、野草に蔽われそこにあるはずのタラガ・ヒドゥンへの脇道のありかを認め、他の皆に止まってくれるよう頼んだ。長時間の走行後だったので、皆休憩することに大賛成だった。皆は足を伸ばそうとトラックから跳び降りた。ぼくは皆から離れる口実を設け、木々の間へすばやくもぐり込んだ。小道は草木にまぎれほとんど見分けがつかなくなってはいたものの、ぼくは足早に歩いていった。そして木々の頂、遠くの緑の間が明るくなっている場所を目指した。そこは、陽の光が湖上の山峡を抜け、降り注ぐ場所だと知っていたからだ。周囲では、もうその名も忘れてしまった鳥たちが、葉陰に隠れてさえずっていた。原生林は、未来永劫この場所特有の音であり続けるであろう、止むことのない密やかなざわめきにいまだ満ちていた。また、湖も、その鏡のような黒色も、水生植物や風が立てる水面のさざなみも、変わらぬままなのをぼくはあらためて見出した。ハトが一羽、向かい側の暗い樹木群から、誘っているように愛らしく鳴いていた。ぼくは岸辺にしゃがみ、太陽に照らされた谷間の上にきらめく緑金色の木々の頂を見つめた。ヒキガエルかトカゲが一匹、水辺の植物の間をすばやくすりぬける、ほとんど聞こえないほどのかすかな物音がしていた。樹木の気根が水面に静止して浮かんでいるように見えた。ハトがふたたび鳴いた。今度はもっと近くのように思えた。ふと、縞模様の遊び着《ハンソップ》を着たウールフとぼくがクボン・ジャティの裏のテラスの通路でともに遊んだあのころが思い出された。使用人部屋の裏に吊り下がっていた籠の中、ハトたちのクークー鳴く声が止むことはなかった。

岸辺の草が風にざわつき、水面にふたたびさざなみが立った。すると、水中に赤くくすんだ、何年も前に血塊を思わせたあの耀《かがや》きを見たような気がした。ぼくはそれを、アブドゥラー宅の裏のテラスでも思い出していた――なぜだろう？

ぼくの隣で、一つの影が地面に落ちた。振り向くと、そこには、汚れたカーキ色の短パンを履き、ふり乱した髪にバティックの頭布《カイン》を無造作に巻きつけた東インドの現地人青年が立っていた。青年は、激しい、それでいてなにも見えていないような目でぼくのことを見、手を挙げるようリボルバーで威嚇した。「ウールフ」ぼくは、声を抑えぎみに言った。ハトが羽音をたてながら木から飛び立った。

どのくらいの間、言葉もなく向き合い、立ちつくしていたかは覚えていない。ぼくも、そして青年も、微動だにしなかった。ぼくは待った。恐怖はなく、心は平静そのものだった。これは、ウールフとぼくとの誕生以来のあらゆる出来事に導かれた運命の瞬間なのだと思った。それは、ぼくらの意志や意識とは無関係にぼくらの中で育まれ、醸成されていたのだ。ここは、お互いが初めてまっすぐ向き合うことのできた出会いの十字路なのだ。

　青年は銃をかかげた。「一人じゃないんだ」ぼくは言った。それは、恐怖にかられて発したものではなかったと思う。実際、青年が撃とうが撃つまいが、構わなかった。表情は変わらなかったが、リボルバーの引き金にかけていた青年の人差し指は緩んだ。それを見て、青年のほうは一人なのだろうと思った。「行け」青年はスンダ語で言った。「行け、さもないと撃つ。ここはおまえとは関係ない」

　ぼくには、青年が蒼白になったのがわかった。片頬にある傷跡が、さっきよりもくっきりと肌に浮き出ていた。「聞いてくれ……」と、話し始めたぼくの言葉を遮《さえぎ》り、青年は激昂しながら言った。「行け、おまえはここには関係ないんだ」その目はタラガ・ヒドゥンの水面のように黒く光り輝き、同時に、奥底に秘めたものを明かすまいとしているかのようでもあった。

　青年から会話を引き出そうなどというのは愚かな考えだったのだと、ぼくは悟った。ぼくが気づいてもよかったものは、はじめから目の前にあった。青年の右腕のまわりには汚れた布きれが結びつけられており、そこにはうっすらと赤十字の印が見てとれた。ベルトには波型の聖剣《クリス》、頭にはスンダ風に巻きつけた頭布《カイン》――カーキ色の短パンはアメリカ風で、リボルバーはおそらく、日本軍の残留品だったのだろう。彼がこれまで辿った道のりを知るのに、これ以上、何の手がかりが要るだろうか？「行け」これ以上言う必要もないというのに、青年はくり返した。ぼくは半ばふり返りタラガ・ヒドゥンを見た。降り注いだ雨が湖となった太古の噴火口――木々や雲を映す鏡、光と影、颯《はやて》とミズヘビの戯れる場所――黒い水面下の血の陰翳と絡みつく水藻の存在に、その非情な残忍さを覗かせる秘められた王国。

　太陽に雲がよぎり、湖はインクと鉛のように冷たく光った。パトロール隊のホイッスルの音が遠くで鋭く響いた。ぼくを探しているのだ。青年の目は、稲妻のごとくあたりの森にすばやく走った。その頭は、もはやぼくのことを考えてはいなかった。青年の筋肉という筋肉が、身を守り、逃げるために張りつめていた。そして、ぼくから半分身を逸《そ》らしながらじっと考えていた。シャツの裂け目からは、首筋と痩せて浮き出た肩甲骨が見えた。青年は、憐れであると同時に恐ろしい存在——待ち伏せに遭う獲物であり、しかしまた、村《デサ》を破壊し、丘陵を真っ黒に焼き払った知能の持ち主——でもあった。ぼくは、暗い森を背景にして立つ青年の姿をもう一瞬だけ目にした。同僚たちの声は、木々の間の小道のところまで近づいていた。ぼくはふり返った。しかし、そこにはもう青年の姿はなく、どちらへ去ったかも知れなかった。木の葉もほとんど揺れておらず、また、もし揺れていたとしても、それは風のせいかもしれなかった。——ぼくは歩いて戻り、パトロール隊に合流した。あれはほんとうにウールフだったのだろうか？　ぼくにはわからない。そして、これからも知ることはないだろう。ぼくは、ウールフを認識する力すらも失くしてしまった。

ぼくが書き記したかったのは、ぼくらがともに過ごした少年時代についての話以外のなにものでもない。ぼくは、あのころの情景を、今や風にかき消えた煙のごとくあとかたもなく過ぎた年月を書きとめておきたかった。思い出となってしまったクボン・ジャティ、寄宿舎、そしてリダ。アブドゥラーとぼくは互いに黙って行き過ぎ、ウールフとはもう二度と会うことはあるまい。言うまでもなく、ぼくは認める。ぼくは、ウールフのことをわかってはいなかった。ウールフのことをタラガ・ヒドゥン——その鏡のような水面——のように知っていただけだった。深さを測れはしなかったのだ。もはや遅すぎるのだろうか？ ぼくは、自分の生まれた国で、この身をそこから移し植えられたくはないその土地で、永遠に異邦人であり続けるのだろうか？

それは、時のみが知っている。

あとがき　ウールフと創造の自由

『ウールフ、黒い湖（*Oeroeg*）』は、過去を探し求める旅の記録である。オランダの若者である〈ぼく〉は、一九四七年、現在のインドネシアで過ごした自分の少年時代、また、同い年の現地少年とのかつての友情を顧みる。そして、二人の関係が永遠に断たれたと思われたとき、主人公は答えを出さねばならないという思いに駆られる。

あそこはほんとうに自分の居場所だったのだろうか？　ウールフは、ほんとうに友だちだったのだろうか？　自分はあの国の内情やそこに暮らす人々を知っていたのだろうか？　ウールフは、実は〈ぼく〉のかたわれの分身であり、自らの闇の部分、自分も知らぬ影の部分なのだ。

あれこれと思いを馳《は》せるうちに、主人公である〈ぼく〉は、たった今まで当然のごとく自分に属しているものと思い込んでいたその分身に気づく。分身に捨てられ、取り残されてみると、主人公自身もかたわれの分身でしかないのだと。

この物語は、わたしの少女時代の数多くの見聞と体験をもとに創出したものであるが、実際にこのようなオランダあるいはインドネシアの少年を知っていたのでも、どこかに似たような状況があったのでもない。

重要な役割を果たすのは自然のイメージであり、とりわけプリアンガンの風景の中の光、香り、色彩である。山の湖〈タラガ・ヒドゥン〉(黒い湖)は、わたしたちがバタヴィアから小旅行によく出かけたプンチャック峠にある火口湖〈タラガ・ワルナ〉に着想を得た。

深夜の竹筏《たけいかだ》の事故は、わたしが学校の遠足に行った別の湖で起きた出来事を「深刻化」したものである。リダのスカブミの住まいやバタヴィアのペンションは、知人のそれをもとにした。野生の自然を愛するハンター、主人公である〈ぼく〉の父親の農園の従業員であるヘーラルドは、わたしの従兄《いとこ》を年齢を増して描いたものである。それは、バンドンに住んでいたわたしの母の長姉の息子であり、伯父は将校だった。子ども時代、わたしたちはよくともに時を過ごした。当時十七歳だった従兄との山中でのキャンプは、わたしの少女時代の輝かしい冒険の一つである。

以上のような現実にもとづいた事柄に手を加えたこの物語は、ただ単に何かを描き伝えるという狙い以上のものを秘めている。それは、想像という形での、わたしの生まれ育った国に対する郷愁や思いをこめた表明《ステートメント》であり、また、その背後、その基層にある、わたしの知らないわたしの闇の中の分身、影に隠れた分身の謎を解き明かしたいという願いがなせる業《わざ》なのである。

もちろん、はじめからそのことを描こうという明確な意図のもとに書き始めたわけではない。そのときはまだ自分を駆り立てるものがいったい何なのか知らず、理解もできず、だからこそ自らを〈ウールフ〉で満たさねばならなかった。そして、何年も経ってようやく、突如、象徴的な意味合いを孕《はら》んだいくつかのイメージが目に留まり、物語の真の内実がはっきりと見えてきたのである。

それは、折々に、さまざまな意味において、不吉なことが起き、何かが違うと感じる場所、一見静止しているかのような山中の湖の黒い水である。また、少年たちが思う存分に跳び回る場所、そして、自分たちが変わりつつあること、大人になることをはじめて自覚する場所、岩間を迸《ほとばし》る川の急流である。

一九七六年に、わたしは夫とともにインドネシアの地を再び踏んだ。わたしたちはそこで、とりわけ小旅行の行き先としていまだに人気のある〈タラガ・ワルナ〉を訪れた。周囲は、三十年前よりも明らかにずっと観光地化していた。茶畑が途切れ、山林の始まるところには、入場チケットを売る竹小屋が立っていた。岸辺を前にした広っぱ——かつて、湖水に枝垂《しだ》れるガジュマルの巨木があった場所——にはベンチがいくつか置かれ、食べ物やみやげ物を売る行商人たちが待っていた。ただ、密集した樹木や背の高いシダやその他の密林の植物の間を縫い、水面に沿って歩く小道には、時おり、かつての静けさと秘めやかさの魅惑の名残りがあった。その日、もっと後になり、陽光が樹冠を通して山肌に斜めに射すと、色彩の湖と呼ばれるにふさわしく、湖は緑色、青、金褐色に輝いた。

ジャカルタでは、インドネシアの学生たちを前に講演をし、終了後、参加者の学生の一人から、〈ぼく〉のスンダ人の幼友だちに〈ウールフ〉という名を選んだのはなぜかという質問を受けた。わたしは正直に、自然に思い浮かんだものだと答えた。「ウールフは、ぼくの友だちだった」と、冒頭の一行を自然に書き綴《つづ》ったように。しかし、質問の主は、それは人名ではないと食い下がり、別の学生は、その言葉は埋葬するとか、窪《くぼ》みや深い穴を土で埋めることを連想させると加えて言った。わたしは、考えてつけたのではないと繰り返した。わたしにとっては、ただ単に〈ウールフ〉でなければならなかったのだ、それだけだと。

『茶畑の紳士たち（*Heren van de thee*）』（一九九二年刊）に用いた古文書資料を整理し、片づけていたとき、わたしはようやく、一九四七年（訳註：『ウールフ』執筆当時）のその思いつきがいかに謎めいていたかということに気づいた。

わたしはその小説の中で、ルドルフ・ケルクホーフェンの長男ルーという登場人物がガンブンの開発や近代化に果たした役割には、どちらかというとほとんど意を注がなかった。ルーの発電所建設をめぐる作業は、両親の生活上の問題に比べれば瑣末な事柄だった。古文書資料をぺらぺらとめくり、それらを積み重ねていくうちに、わたしはルーがオランダの弟に宛てた一九〇四年三月一日付の手紙を読み返していた。ルーは、水道管を貫通させるに当たり、チソンダリ川とチジャハ川の間の地ならしをいかにすべきかを記していた。わたしの眼は、最初にざっと目を通したときにはきっと読み飛ばしてしまったに違いない、あるくだりにはたと止まった。

チソンダリ川の近くにはいくつかのウールフがあるが、それはおそらく取り立てて問題にはならないだろう。チジャハ川に面してはひじょうに大きなウールフがあり、それでもやはりわたしたちはその上の地盤を用いることになるだろう。当座の図面作成のために、わたしは、それとは知らず、そのウールフの一番端の崖のようになったところを横切った。通り過ぎようとしたところで——植物が繁茂していたので——やっとそれに気づいた。

今、ガンブンで働く人々は、地すべりのことを、もはや用いられなくなった言葉、〈ウールフ〉と呼んでいる。

子どものわたしは、いつか、両親と一緒にこの山地へ小旅行に出かけ、地すべりがもたらした光景を見たのだろうか、そして、その折に耳にしたこの奇妙な言葉がそのまま意識下に残っていたのだろうか？　地すべりとは、譬《たと》えて言えば、足元を奪い、かつてあったものをすべて埋め尽くし、跡形もなくする変貌のことである。そして、その意味において〈ウールフ〉とは、わたしの生まれ故郷との訣別の謂《い》いにほかならない。

ヘラ・S・ハーセ

このあとがきは、『身分証明書（*Persoonsbewijs*）』（一九六七年）、『いくばくかの経歴（*Een handvol achtergrond*）』（一九九三年）からの断章を編集したものである（訳註：オランダ版元クエリド編集部による添え書き）。

二〇〇九年版より。

訳者あとがき　ヘラ・S・ハーセ、その生涯と作品

ヘラ・ハーセの名を知らないオランダ人はおそらくいない。オランダではそれほど有名な作家である。

ヘラ・S・ハーセ（ヘレーネ・セラフィア・ハーセ）は、一九一八年二月二日、旧オランダ領東インドのバタヴィア（現インドネシア共和国ジャカルタ）で生まれ、父親の仕事の関係で二十歳までを同地で過ごした。一九三八年、大学進学のため単身オランダへ渡る。アムステルダムで学生生活を開始。翌年第二次世界大戦が勃発、一九四〇年五月からはナチスドイツ占領下となった同地で暮らしつつ、演劇を学び、さまざまな文芸活動を始めた。

戦後一九四八年のオランダ全国読書週間の際に刊行された本作『ウールフ、黒い湖（*Oeroeg*）』が大反響を呼び、新進作家ハーセの名はオランダ国内に一気に知れ渡った。

©Jerry Bauer　クエリド提供

その後六十余年に及ぶ長い作家生活の中で、劇作、詩作も含め、長篇歴史小説、少女時代を過ごした東インドを題材とする小説や現代小説、自伝的エッセイ、文芸評論を多数執筆、戦後オランダ文学を代表する文豪となった。

　ハーセはオランダのあらゆる主要な文学賞を受賞している。一九九二年、〈国家芸術文化栄誉勲章〉叙勲、二〇〇四年にはオランダ語圏の文学における最高の栄誉である〈オランダ文学賞〉を受賞。他言語への翻訳の最も多いオランダ作家として国際的にも高く評価されており、特にフランスでは〈芸術文化勲章〉を二度にわたり（一九九五年オフィシエ、二〇〇〇年コマンドゥール）叙勲。また、ユトレヒト大学、ベルギーのルーヴェン大学両文学部からは名誉教授として迎えられた。二〇一一年九月二十九日、アムステルダムの自宅にて永眠。九十三歳だった。

　ヘラ・S・ハーセの著作には自伝的エッセイも多く、小説にも自身の体験をかなり取り入れている。そのような作品や、生前のインタビュー、いくつかの評伝、新聞記事などを参考に、日本ではこれまで一度も紹介されたことのなかったオランダの文豪ヘラ・S・ハーセの生涯をさらに詳しく辿《たど》ってみたい。

誕生から二十歳までのほとんどの日々を過ごした旧オランダ領東インド（ジャワ島）での作家自身の体験は、本作『ウールフ、黒い湖』中にも随所に反映されている。本稿では、作家ハーセの創作活動に影響を及ぼした物事、文学的な体験になるべく焦点を絞り、また、本作に登場している語句や事柄、社会的な背景、出版の経緯なども極力盛り込んだ。

誕生・少女時代

ハーセの家は、何代も前に祖先が入植し、現地で一族をなしていた家系ではない。ハーセ誕生のしばらく前にそれぞれ東インドに渡っていた、ロッテルダム出身の父とアムステルダムに移住したドイツ系オランダ人の母とが現地で出会い、結婚して築いた家庭である。父親は当時のオランダ領東インド植民地政府の公務員、母親は音楽家だった。現地で開催されたコンサートの際、たまたま客席で聴いていた父親が、ピアノ協奏曲のソリストとして出演していた母親を見初めたことが結婚のきっかけとなった。

このような両親のもと、ハーセはバタヴィアで誕生した。幼いころの記憶には、毎日ピアノの練習に明け暮れる母親の姿や、ピアノの下にもぐりこんで母親の奏でる音楽を聴いたり、ペダルの動きをながめたり、また、そこで絵本を読んだりして過ごした時間がいつまでも鮮明に残っており、音楽は作家となった自身の創作活動にも多大に影響を与えたとハーセは後年述べている。ちなみに、後にハーセの夫となったヤン・ファン＝レーリーフェルトもピアノを弾くことが趣味で、アマチュアの域を超えるほどの腕前だった。また、夫妻の長女エレン（アムステルダム在住）もピアニストとなった。

長女へレーネ誕生後のしばらくの間、一家はバイテンゾルフ（現ボゴール）に住んだが、父親の長期有給休暇により一九二〇年末より翌二一年秋まで帰蘭、ロッテルダムで過ごした。一九二一年には同地で弟が誕生している。

旧オランダ領東インド植民地政府の財務省に税務調査官として勤務した父親は転勤

も多く、一家はスラバヤ（一九二一―二四、父親はひき続き二八年まで単身居住）、バンドン（一九二九）、バイテンゾルフ（一九三〇）、そしてバタヴィア（一九三一―、ハーセ自身は三八年夏まで）と何度も居を移した。この間、ハーセ家は一九三五年にも父親の長期有給休暇で約半年間をオランダ本国で過ごしている。

それとは別に、ハーセには特別なオランダ体験を持った時期がある。

一九二五年、ハーセが七歳の誕生日を迎え

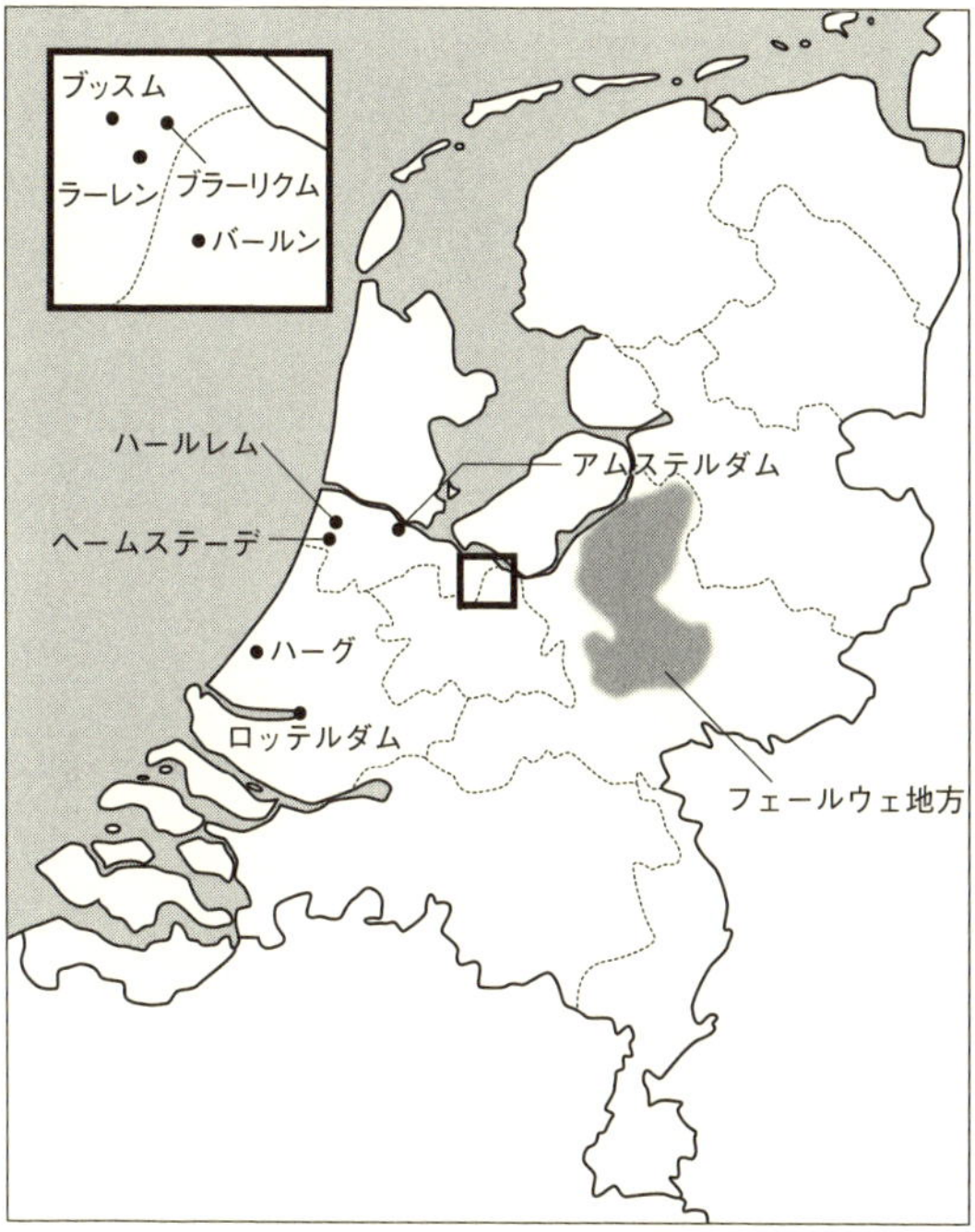

ハーセ家および本作に関連するオランダの都市・地域。

るころに、母親が肺結核に罹患し、スイス（ダボス）のサナトリウムで療養生活を送ることとなった。以後一九二八年までの数年間、父親は勤務の都合上東インド（スラバヤ）に留まったが、ハーセは弟とともに親元を離れ、本国オランダで過ごした。このときの体験が、後に作家となるヘラ・S・ハーセにとって重要な意味を持つこととなる。

母親の病気という突然の環境の変化に伴い、はじめはオランダのハールレム近郊へームステーデに住む母方の実家に預けられたハーセだったが、きわめて厳格な祖母との折り合いが悪く、結局は父方の実家のあるユトレヒト近郊の町バールンの子ども寮に寄宿し、そこから小学校に通うこととなった。就学前の幼児だった弟は、東インドへ戻るまでの日々を、バールンのこの父方の祖父母宅で過ごした。

ちなみに、『ウールフ、黒い湖』の作中、リダの経営するペンションの名称に用いられている地名のブッスム（83、96頁）、昔ながらの典型的なオランダの都市の例として挙げられている、ラーレン、ブラーリクム（64頁）は、それぞれバールン近郊にある。なお、フェールウェ地方（同）というのは、氷河期に形成された土地でオランダ内陸東部にあり、なだらかな起伏のある砂地に森と小さな湖が点在し、古代遺跡も残る美しいところである。現在、同地方にはクレラー・ミュラー美術館、ヘット・ロー宮殿などがある。

その数年の歳月について、ハーセは後年いくつかの自伝的エッセイの中に記している。当時の年齢では、母親の病気の重大さや離れて暮らさねばならない理由をよく理解できず、東インドでの平穏な暮らしから突然切り離されてオランダの地方都市バールンで過ごした二年余、しかも、日曜日や学校が休みの期間に祖父母宅で過ごす以外は寄宿生活を送る日々というのは、たとえ大人たちがよかれと思い整えた環境であったにしても、孤独でさびしく、心細いものだったという。

東インドからやってきた転校生（ハーセはスラバヤで前年から小学校に通っていた）は、地元のオランダ人たちにしてみればなにかと奇妙な言動が目立ち、教師やクラスメイト、あるいは寮母たちから、あらぬ誤解を受けたり笑われたりすることもしばしばだった。中にはもちろん優しい教師もいたものの、窮屈な思いをすることのほうが多く、あたかも「鉛の靴を履いているかのように」重い足取りで登校する毎日が続いていた。ハーセは、そのような子ども心にも辛い現実から逃避するために、まだろくに長い文章も書けないうちから、夜見た夢をもとにした架空の「おはなし」をあれこれと創作する少女だった。時おり、寮母たちにそれを語ることもあったが、夢と現《うつつ》とがごちゃまぜになったような作り話をする嘘つきの子どもだと怪しまれていることをまもなく察すると、以後も続けていたその創作遊びを自分だけの密《ひそ》かな楽しみとするようになったという。しかし、これこそがまさしくハーセの創作の発芽だったのであり、後の長い作家生活の中で、あたかも大樹がみごとな果実をたわわにつけるがごとく、すばらしい文芸作品という成果を実らせていくこととなる。

この小学生時代、ハーセは歴史に興味を惹かれた。それは年号やテキストにではなく、教室の壁に掲示されていたヨーロッパの歴史の一シーンが描かれたボードや、教科書の中の挿絵にであり、特に中世の史実が描かれたもの、たとえば十字軍の遠征を描いたギュスターヴ・ドレの銅版画や、アーサー王など騎士物語の挿絵に想像力を掻き立てられた。はるか昔のヨーロッパを自分なりに想像し、中世の貴婦人の言動をあれこれ思い描いてみたりもしていた。このような歴史への興味は、後年執筆した何作もの壮大な長篇歴史小説となって実を結んでいる。

その後、母親の肺結核は完治し、一九二八年、オランダに迎えに来た父親とともにハーセ一家は揃って東インドへ戻った。住まいは東ジャワのスラバヤから西ジャワ、その中でも、病後の母親が過ごしやすいようにと山間部にある涼しい気候のバンドンへ、その後ほどなくしてバイテンゾルフへと移った。

バンドンはもとは先住民のスンダ人の村だったが、入植オランダ人が開拓し、ハーセ一家の住んでいた一九三〇年ごろには「ジャワのパリ」と呼ばれるほどヨーロッパ的で洗練された町となっていた。

ヨーロッパ北部のオランダで過ごした息の詰まるような数年間の反動もあり、熱帯のジャワの自然に囲まれた十代の日々は、なによりも自由で開放感に満ちていた。ハーセは文字どおりよく学び、よく遊んだ。朝露が草葉を蔽《おお》い、蒼い朝靄《あさもや》があたり一面に立ちこめる早朝に通学、午後一時に授業が終わり帰宅すると浴室で汗を流し、昼食。午睡《シエスタ》の時間を静かに過ごした後は、夕食まで宿題をしたり弟や友だちと遊んだりし、食後はふたたび宿題や予習、読書、あるいは家族一緒の時間を持つという、当時の東インド在住の、本国からやってきた駐在白人《トトク》[▼1]家庭の子女としてごく標準的な暮らしぶ

▼1　「トトク」とは元来「純粋」という意味であり、白人のみならず、たとえば、外地からやってきた中国人に対してなどにも用いられた。

りである。

当時の東インド現地の言葉では、本国から新たにやってきたこのような白人たちのことを〈トトク：totok〉と呼び、オランダ人は〈ブランダ：blanda〉と呼ばれていた。そして、白人と現地東インドの民族との混血は〈インド：indo〉という独特の言葉で呼ばれ、誇り高き先住民たちは、当時この〈欧亜《イ》混《ン》血《ド》人〉を軽蔑し、嫌っていたという。

また、オランダ人たちは、先住民族のことをオランダ語で〈インランダー：inlander〉（土人、土着民の意）と呼称していた。作中、〈土着民〉以外にも〈現地人〉〈原住民〉という訳語を当てている箇所は、原作ではすべて〈インランダー〉となっている。これらは特に人種の蔑称、つまり差別語として意識的に用いられていたのではなく、当時はただ単にそう呼称されていたに過ぎないということを記しておきたい。人種差別ということがことさら問題視されるようになったのは、第二次世界大戦後であり、それまではどの国においても主に階級や身分による差別のほうが大きかったとハーセは述べている。当時の東インドには、その他にも、本作中に登場するアブドゥラーのようなアラブ系、中国系、インド（ヒンズー）系、アフリカ系、また、同じ白人でもフランス系、ドイツ系、英国系など実にさまざまな人々が暮らしていた。一九三八年ごろには、現地に在住する日本人も六千人ほどいたようである。

ハーセの両親は二人とも、いわゆる華麗なる社交界のようなものにはさして興味がなく、来客やコンサートなど特別な用事のあるときを除けば、母親は年中自宅で何時間もピアノをさらい、父親は帰宅後食事を済ませるとたいていは書斎で仕事や読書をしたり、子どもたちと一緒に過ごしたりという家庭生活だった。

このころ、ハーセもまた、読書の楽しさに目覚めていた。十歳の誕生日のプレゼントに『中世の神話と伝説』という本をもらったハーセは、その中の「狐のルナール」や「トリスタンとイゾルデ」などを夢中になって読んだ。両親の本棚には、オランダの上質な国文学や世界文学、父親が少年時代に愛読したというジュール・ヴェルヌの全集、世界中の先住民族の暮らしや風習を紹介した本などがあり、読み物には事欠かなかった。

小学校の授業ですでにフランス語を学んでいたハーセは、十二歳のときには原語でヴィクトル・ユーゴーの著作を読んでいた。ドイツのエジプト学者・作家のゲオルグ・エーベルスの歴史小説も翻訳で読み、作中の主人公がナイル川にその身を捧げるという結末に深く感じ入った。シェイクスピア『ハムレット』に感化され、頭に花輪や長いチュールのベールをつけたまま、現地ジャワによく見られる石棺のような水浴《マンディー》用の水槽にその身を仰向けに浮かばせ、一人密かに「オフィーリアごっこ」に熱中したのもこのころだった。

バイテンゾルフには当時世界最大の植物園（現在でも東洋最大規模で世界的に有名）があり、ハーセはひとたび住居近くの同園を知るや、弟や近所の子どもたちと連れ立ってそこへ出かけて、園内で仮装ごっこや木登りをし、素足で駆け回った。こうして、十代のハーセは東インドの自然を全身に浴びながら過ごしていた。本作『ウールフ、黒い湖』も含む、ハーセの東インドを題材とする作品には、少女時代に触れたジャワの自然、その強烈な光や鬱蒼たる熱帯の原生林、色彩、匂い、音などの描写が随所にちりばめられている。本書に収録したあとがきにも、そのことは強調されている。

母親からはピアノの手ほどきを受けていたが、自らはシューマンの「子どもの情景」のような曲を弾く程度であり、母親のように職業ピアニストになろうとは考えていなかった。ハーセの長女エレンの著作（『いつもピアノとともに――ヘラ・ハーセの生涯と音楽』二〇一四年刊）によれば、あるとき、母親が過剰な期待をかけていることを知ったハーセは、それ以来ピアノに触らなくなった。しかし、音楽を愛する気持ちが薄れることはなく、このような環境に育ったことにより、ハーセは上質な音楽鑑賞者となった。作家になってからの創作活動に音楽が多大な影響を及ぼしたことは先に記したとおりである。

心の原風景

バンドン、バイテンゾルフは、西ジャワ州に位置し、スンダ語[▼2]を母語とするスンダ人が古くから住んでいた地域で、古くはパジャジャラン王国が栄えた。プリアンガンというのは、ハーセの住んだバンドンを中心とする高原地帯に広がる五つの県からなる理事州の名称であった。作中に登場する主人公やウールフの生まれた農園〈クボン・ジャティ〉もこの地域の山奥にあると想定されている。主人公の心の原風景、た

▼2　スンダ語は西ジャワに古くから居住するスンダ人の母語であり、二十一世紀初頭時点の言語人口は約三千万人である。現在のインドネシア共和国の国語であるインドネシア語（マレー語から発展した）とは異なる言語であり、ジャワ語、バリ語などとともに地方語と呼ばれる。

とえば、こんもりと円錐型に茂った緑の丘陵、棚田、茶畑、竹林、川、遠くまで重なり合うように続く山々などは、ハーセが実際に目にしていた景色であり、つまり作家自身の心の故郷《ふるさと》である。

また、原生林の中に佇《たたず》む〈黒い湖《タラガ・ヒドウン》〉のモデルとなったのは、バンドンからバタヴィアへ向かう途中のプンチャック峠にある〈タラガ・ワルナ〉（〝色彩の湖〟の意）という名の火口湖である。ただし、〈黒い〉というのは小説のための脚色であり、この湖はその名が表わすとおり、陽光の射し具合によって一日のうちに何度も色彩を変化させる、それは美しい湖だそうである。ハーセ家がこの湖〈タラガ・ワルナ〉へ一家で出かけたときの写真も残っている。

主人公の〈ぼく〉がウールフと一緒に、朝の陽射しの中で一心に味わう氷入りのバニラシロップ、ともにスカブミの小学校へ通う二人が小さな蒸気機関車に乗る前に現地でよく皿代わりにしているバナナ《ピサン》の葉から急いですすりこむルジャック、リダのペンションに滞在する二人の自堕落な若い女性たちがすすめる砂糖漬けのタマリンド、自伝的エッセイに記されているところによれば棒状のメレンゲ菓子であったというグラリなども、当時のハーセが実際にジャワで折々に味わった食べ物であり、それは中国人の物売りから、あるいは現地の露店《ワルン》で買い求めたものだった。

東インド現地の食材やスパイスを用い、西洋人の口に合うようにアレンジされたライスターフェルというのは、第二次世界大戦後、旧東インドからの引揚者や移住者の多い（ということはすなわち、その子孫や血縁もまた多い）オランダでは、二十一世紀の現在でもインドネシアレストランのポピュラーなメニューである。

主人公の二人目の家庭教師、ヘーラルド・ストックマンは、ハーセの従兄《いとこ》がモデルとなっている。バンドンには、ハーセの伯母（母親の姉）がオランダの将校と結婚して住んでおり、その息子、つまりハーセの従兄が当時十代後半の探検好きで頼もしい少年だった。従兄がハーセ姉弟を〈タラガ・パトゥンガン〉（パトゥンガンはスンダ語で〝合わせる〟という意味）付近へキャンプに連れて行ってくれたときのその体験が、本作中にも取り入れられている（129頁参照）。本書の装幀に用いたのは、まさにこの湖を描いたリトグラフである。これは、十九世紀にジャワに住んだドイツ（当時はプロイセン）生まれで後にオランダに帰化した探検家・学者であるフランツ・ユングフーンの『ジャワ、その地形、植生、地質構造』（一八五〇〜五四年刊）の付録図集〈ジャワアルバム〉に収録されている。同リトグラフは、本書表紙に印刷した一九二八年のジャワの地図とともに、オランダ、ライデン大学付属図書館貴重資料デジタルライブラリーより特別にご提供いただいた。

リセウム時代

一九三一年、一家はふたたびハーセの誕生した町、バタヴィアに移った。主な理由は、ハーセが進学したリセウム（中高一貫教育校）への通学のためだった。父親もしばらく前からバタヴィアに転勤しており、汽車で通勤していた。ハーセも、汽車通学の生徒たちに通称〈ドドル・デポック急行〉（〝ドドル〟は、日本の羊羹のような現地の練り菓子）と呼ばれていたその汽車で片道一時間かけて通学するのはけっして無理ではなかったが、両親は結局バタヴィアへ転居するほうを選んだのである。そして、一九三五年の父親の長期有給休暇に伴いオランダに滞在した半年間を除き、一九三八年に同校を卒業するまでを同地で過ごした。リセウムではギムナジウム（大学進学準備コース）の授業を受け、文芸クラブに所属、校内の文芸誌にも活発に投稿していた。マンスフィールドやフローベールの『三つの物語』などの短篇小説に魅せられていた文学少女だった。

バタヴィアのリセウムは、オランダ人を主な対象としていたが、そこにはフランス人など他のヨーロッパ系、また欧亜混血《インド》や先住民族の生徒もいた。最後のカテゴリーに属する生徒たちは、父親が県知事《レヘント》（60頁）であるなど、現地社会でも特権階級の家庭の子女である。上級生（高校生）になると、多くの同級生たち同様、ハーセも土曜日に社交ダンスを習いはじめた。フォックストロット、タンゴや英国風のワルツのステップのレッスンに使われた音楽は「ラプラタのバラ園」、「セントルイス・ブルース」などであったという。教室となっていたドイツ人のダンス教師の自宅では、掲げられている肖像画のモデルがヒトラーという人物であるということを初めて意識した。級友の間では思春期特有の〈恋人ごっこ〉も流行《はや》っており、皆と同じように異性へ興味もそれなりにあった。ハーセの場合は、好奇心からラファイエット夫人の『クレーヴの奥方』やゲーテの『親和力』、ローレンスの『チャタレイ夫人の恋人』などの文学を読み、そこからなんらかの性的な知識を得るにとどまり、実際にはダンスのレッスンの際に送り迎えをしてくれたパートナーの男子学生が多少特別な交際相手になった程度だった。

ハーセはなによりも文学の世界に浸っており、オランダの文豪ルイ・クペールスをはじめとする母国の文学、外国文学ではウォルター・スコット、ゾラ、バルザック、ゲーテ、フリードリヒ・ヘッベル、ゴールズワーシーなどの小説などを手当たり次第に読んでいた。また、世界中の神話や伝説、ヨーロッパ中世の騎士やロココ時代の生活や儀礼・習慣、画家や作曲家、その芸術作品について、各地の寺院や宮殿、民族衣装、アッシリアから十九世紀末までの装身具についても大変関心を持っていた。

学校では一切学ぶことのなかった現地ジャワの文化を知ろうと、両親が会員になっていたバタヴィアの芸術愛好倶楽部《クンスト・クリング》の図書館へ行き、現地特有の影絵芝居《ワヤン》の元となっている叙事詩『マハーバーラタ』、『ラーマーヤナ』を読んだり、古代仏教遺跡ボロブドゥールについて調べたりもした。この有名な遺跡には、見学にも出かけている。

母国オランダの歴史家ホイジンガの『中世の秋』（一九一九年刊）を読んで深く感銘を受けたのは、十七歳のころだったという。このころには、自らも「人魚のいる家」という題名で歴史小説を書く試みをしていた。これは三章までで中断していたが、後年作家となってから、この少女期の未完作とほぼ同じ『人魚（*De meermin*）』（一九五九年刊）という題名を用いて小説を書いている。

当時のハーセは、物語を創作することの大好きな文学少女であると同時に夢見がちであったとはいえ、将来作家になる希望を抱いていたわけではなかった。

ハーセの父親はいわゆる大学出のエリートというのではなかったが、ひじょうに教養豊かであり、当時としては進歩的な考え方の持ち主だった。

十九世紀後半、オランダ政府は現地人を搾取する政策として悪名高かった強制栽培制度を見直し、現地の生活環境の改善を図る目的で一九〇一年より〈倫理政策〉をとるようになる。その一環として、現地在住のオランダ人子女を主な対象とする教育機関とは別に、現地人子女のための一般中等教育機関（AMS、72頁）や、オランダ領東インド医学校（NIAS、76頁初出）などが設置されるようになった。本作中の主人公とウールフの通う学校がそれぞれ異なるのは、そのような事情からである。

一九一一年に二十二歳でジャワへ赴《おもむ》いたハーセの父親は、このような時代背景とも関係し、東インドにやってきたオランダ人の果たすべき役目は、現地社会の発展を促し、やがて独り立ちする日を迎えるための手助けをすることであるという理想を抱いており、役場で働く現地人の書記官たちに補習をしたり、現地発行のオランダ語の新聞にそのような趣旨の記事を投稿したりしていた。

ハーセ一家。1933年。ハーセ家所蔵。

この倫理政策により、現地人の知識層は徐々に増えていったが、それと同時にオランダの植民地支配から脱しようという思想も芽生え、東インドの現地社会には民族の独立意識を強く持った急進派もまた育っていった。第二次世界大戦の前には、オランダ植民地政府の下に設置されたのとは別種の、現地人による現地人のための学校も各地にできた。作中に登場する〈植民地政府非公認の学校〉（114頁）というのは、この種のものを指している。

ハーセの父親は独学でギリシア語やラテン語も習得していたので、学校の宿題をみてくれることもあった（オランダの教育制度において、ギムナジウムでは当時も現在もギリシア語、ラテン語が必修科目である）。文系のみならず、化学や地学にも造詣深く、また、星座観察が趣味で天体望遠鏡も所有しているなど、その知識は幅広いものだった。ハーセ姉弟はこのような父親のもとで恵まれた教育環境の中に育った。なにかと器用で

リセウム3年生の頃（中央）。1934年。ハーセ家所蔵。

もあった父親は、ハーセが学校で参加する演劇の衣装なども日用品で創意工夫し、文字どおり自らの手で仕立ててくれた。ハーセにとって、父親はなんでもできる存在であった。

ハーセ家の生活様式はあくまでも西洋風だった。当時、植民地のヨーロッパ系白人家庭によく見られたような、子どもの誕生時から長年にわたって身のまわりの世話をする決まった乳母《バブ》（子守の女中）をあてがうことはなかった。その理由の一つには、父親の職務上、転居が多かったということもあったが、ハーセの両親は子どもたちが〈東インド化〉することをやはり望んではおらず、将来はオランダ人としての人生を送ってほしいと願っていたのだった。ただ、一家が一九二二年から二四年までスラバヤに住んだ際にはハーセにもおつきの乳母《バブ》がおり、それは優しく柔和な現地女性だったことをハーセ自身も後年まで覚えていた。

いくら西洋風とはいっても、東インドという環境の中での暮らしはオランダでのそれとまったく同じであるはずがない。いずれにしても、当時の現地在住白人家庭では現地の使用人を雇うのが習慣となっていたのであり（ちなみに、使用人を雇う習慣自体は、植民地に限らず、オランダ本国やほかのヨーロッパ諸国でも、また、日本国内の中流階級程度の家庭においても、当時はけっして珍しくはなかった）、ハーセ家にも家事の女中《バブ》や下男《ジョンゴス》、庭師などが（別棟に）同居していたのである。ただ、父親の人柄からして、ハーセ家では現地の使用人に対し、威圧的な態度や命令調の言葉遣いで接することはなく、主従関係はあったにしてもそれなりに平穏に暮らしていた。

本作中、ジャワで生まれ育った主人公が本国オランダのデルフト工科大学へ進学するためにオランダへ発ったというくだりがあるが、当時、政府や企業関係の仕事で植民地の東インドに駐在していたオランダの家庭では、子どもたちが小さいうちは現地でともに暮らすにしても、大学へ進学するとなれば本国へ送りこむのが一般的だった。

ハーセもその例にもれず、高校卒業後、一九三八年七月に二十歳で単身本国オランダへ渡った。出航の際には、タンジュン・プリオク港で娘を見送った両親、ハーセ本人ともに、数年後にはオランダで再会するつもりでいた。この後まもなく第二次世界大戦が勃発し、ハーセが暮らすオランダはナチスドイツ占領下に、両親が留まっていた東インドは旧日本軍占領下におかれることになろうとは、誰ひとり知るよしもなかった。結局、ハーセが両親に再会したのは、それから八年後のことであった。

戦時下オランダでの日々

オランダに到着したハーセは、ユトレヒト大学の国文科へ進学予定だったのを変更してアムステルダム大学に入学、かねてから興味を抱いていた北欧語を学びはじめた。北欧神話エッダを原典で読めるようになりたかったというのが、その最たる理由である。そのかたわら、一九三八年から翌三九年にかけて、同人誌上で初めて数作の詩を発表したり、アムステルダムの女子学生演劇サークルに所属して活動したりしていた。

一九三九年夏にはスウェーデンに実地研修のために滞在していたが、九月二日に第二次世界大戦が勃発するや即刻オランダに戻り、翌一九四〇年五月のナチスドイツのオランダ侵攻時には、知人に頼まれて留守宅に泊まりこんでいたアパートで、一人恐怖に震えながらそのありさまを見ていた。その後は、ナチス占領下となった同市での不安な一人暮らしが続いた。かのアンネ・フランクが両親や同胞とともに西教会近くのかくれ家に息をひそめて暮らしていたのと、ほぼ同時期である。

東インドから単身オランダへやってきたハーセは、祖国であるはずの場所で一種のカルチャーショックを受け、異邦人のように戸惑い、孤独の中でもがいていた。後年の著書の中で、ハーセは当時のことをこのように記している。

「わたしは、ルイ十五世のすべての愛妾、ワーグナーのすべてのオペラ、シェイクスピアのすべての悲喜劇を年代順に挙げることができ、求められればラーマーヤナやクー・フーリン、ヴォルスンガ・サガの伝説を語ることができた。ハーフィズの詩やブルクハルトの『イタリア・ルネサンスの文化』はすでに読んでおり、アクエンアテンの太陽の賛歌は暗記していた。バッハからオネゲルまでの音楽はおよそ聴いたことがあり、ドラクロワとアングル、ピエロ・デラ・フランチェスカとマンテーニャを難なく識別できた。それなのに、オランダの大臣あるいはアムステルダム市議の誰ひとりの名さえも挙げることができなかった」

一九四〇年から終戦の四五年までは、東インドにいるはずの両親や弟ともまったく音信不通となり、ひじょうに心細い年月だった。小学生時代のバールンでの寄宿生活以来、人生で二度目の孤独である。その間、子どものころから愛読してきた北欧のゲルマン神話をナチスがそのイデオロギーに政治利用するのを目の当たりにして北欧語への学習意欲を喪失、大学を辞め、アムステルダムの演劇学校へ入学、一九四三年に卒業している。また、学生クラブの機関誌に寄稿したり、劇作をしたり、商業的な娯楽ショーの台本、歌の作詞の仕事を生活費のために手がけるようにもなっていた。

演劇学校の活動の一環として、また、卒業後もしばらくは役者として舞台に立っていたが、実際のところ、ハーセ自身の興味は演じることよりも演出にあり、劇場から劇場へと渡り歩く毎日や、楽屋で落ち着かない時間を過ごすのは性に合っているとは言えなかった。ただ、そのころのハーセは（住み慣れない異国のような）オランダでの生活の中で、自分の居場所あるいはアイデンティティを必死に模索しており、演劇もまた、その過程のひとつだった。この時期には、母親から劇場の踊り子だったと聞いていた祖母（当時すでに他界）のことをよく考えていたという。

結婚・出産・作家デビュー

一方では、一九四四年二月に結婚、同年十一月第一子出産、そして一九四七年、本作『ウールフ、黒い湖』を執筆する数カ月前には、生まれた長女を病気で亡くすという、人生においての重大な出来事を数年の間にいくつも経験していた。

夫となったのは、一九三八年にコンセルトヘボーでのピアノコンサートの会場で初めて出会い、その後二年を経てから交際を始めたハーセと同年齢の大学生で、学生の文芸誌の編集やレジスタンス活動に関わっており、一時はナチスに逮捕されてオランダ国内の収容所に囚われていたこともあった人物である。はじめ歴史を学んだ後、ユトレヒト大学で法学を修め、戦後は法律家となったが、結婚当時の一九四四年にはオランダ企業フィリップスで非合法の職に就いており、妻の舞台の仕事はなにかとナチスの目につきやすく、自らの身にも危険が及ぶ心配があった。

結局、ハーセは諸般の事情を考慮し、自分の演劇活動を停止した。そのこと自体にさして後悔はなく、しばらく演劇を学んだことは後に作家となってからむしろひじょうに役に立ったとハーセは述懐している。作家生活の中では、折にふれ劇作も行っている。

一九四五年の終戦直後、学生時代から少しずつ発表していたり、戦時中の耐え難いほどの孤独の中で折々に書いていた詩が『奔流（*Stroomversnelling*）』という題名の下にまとめられ、ハーセの初詩集として刊行された。

一九四六年には、コンセルトヘボーにて朗読劇「バラードと伝説」の舞台に立っていた。これは十二世紀から十七世紀までに書かれたフランス、アイルランド、北欧、英国などのバラードや伝説を、ハーセ自身がオランダ語に翻訳、脚色したものだった。長女の病死で舞台は途中で降板したが、このときの一連の作品は一九四七年に同名の詩集に編まれ、刊行された。

家族再会

オランダがナチスドイツによる占領から解放されたのは、一九四五年五月五日である。同月、ハーセはオランダ海軍に所属していた弟と、次いで一九四六年には両親とオランダで八年ぶりにようやく再会することができた。

ハーセの両親は、旧日本軍がオランダ領東インドを占領した一九四二年以降、男女別の収容所でそれぞれ捕虜生活を送っていたが、第二次世界大戦終結後に無事二人ともオランダへ帰国した。

帰国後の父親は家財追跡調査局という政府の戦後処理関連の部署に勤務し、引退後の六十代になってから、W・H・エームラントというペンネームで計十六作の推理小説を書いた。その中には、一九五五年の他界後、未完だった原稿に娘のハーセが続きを加筆して完結させた一作も含まれている。

生涯を通じ物静かな人柄だったというハーセの父親は、生前、旧オランダ領東インドの日本軍捕虜収容所で過ごした期間について語ることはほとんどなく、ハーセもあえて聞こうとはしなかったが、その体験を通して父親の内部になにか本質的な変化が起きたということだけはハーセも感じていた。遺された作品には、ふだんの沈着な父親からは想像できなかったような激しい感情の発露や暴力的な表現が見られ、娘のハーセも驚くほどだった。

母親は、捕虜生活を送った女子収容所でピアノを弾き、そこで自然発生的にできたコーラスグループの指導もしていた。スイスでの肺結核療養中にも状況が許す限りピアノを弾き続け、ゲーテの詩を用いて混声合唱用の曲なども創作していたというハーセの母親は、晩年を過ごしたオランダの老人ホームでも時おりコンサートを開くなど、一九八三年に九十歳で永眠するまで、その長い生涯はいつもピアノとともにあった。弟は戦後まもなく海軍を退役すると、オーストラリア人女性と結婚しオーストラリアへ移住、終生同国で暮らした。後年、ハーセも同地の弟家族を訪問している。

書くことはすなわち生きること

第二次世界大戦が終結すると、オランダ国内には平穏な日々が戻りつつあったが、東インドつまり独立宣言直後のインドネシアの政情は混沌としていた。作中、終盤に記されている「仮に警察行動と呼んでおくもの」（119頁）が起こったのは、一九四七年夏のことである。

オランダが、広義には一六〇〇年代から三百年余にわたり、事実上植民地支配していた東インドは、第二次世界大戦開戦後の一九四二年三月、南方へ侵攻してきた旧日本軍に占領された。そして一九四五年八月十五日の終戦から二日後の十七日、スカルノとハッタを中心とするインドネシアの民族主義者たちは、独立を後押ししていた日本が降服したことにより、急遽、国際的な了承を得ることなく独立宣言を行う。戦勝国となった連合国側のオランダはこれを承認せず、再植民地化を目指して、一九四七年七月、一九四八年十二月の二度にわたり同地へ派兵するという行動に出た。これをオランダでは〈警察行動〉、インドネシアでは〈軍事（侵攻）行動〉と呼称して、両国ともいまだにその見解を変えていない。これが、一九四九年まで続いたインドネシア独立戦争の発端だった。

なにしろ、それまで三世紀以上もの植民の歴史を持つ（その善悪、ポリティカル・コレクトネスについてはここではあえて触れない）オランダには、同地と深い関わりを持つ国民、両国間で揺れ動かざるを得なかった人々も大勢いた。本作『ウールフ、黒い湖』は、このような状況のさなかに執筆、上梓された。ハーセ自身にとってもこの出来事は衝撃的であり、自らが生まれ育った愛着のある地に起きた破壊的な状況そのものに憤りを覚えたそうである。後年のインタビューで、ハーセは以下のような主旨のことを述べている。

「この小説は、当時起きた〈オランダでは〈警察行動〉と呼ばれる〉出来事、それを機にとめどなく溢れ出した感情から生まれ出た物語である。自分が生まれた国は、実は自分の属する場所ではないという自覚。インドネシアの人々の独立への願いはもっともなこととして理解でき、自分の心もその現地の人々とともにあった。しかし、それはとりもなおさず、自分の生まれ故郷を失うということを意味しているのであり、そこで生まれた自分はオランダ人でありながら、この先オランダに住み続けたとしても内面まですっかりオランダ人になることはけっしてあるまいという予感も抱いていた。同時に、少女時代を過ごした東インドを自分はいったいどれだけ知っていたのだろうという思いもあった」

先に記したとおり、本作執筆当時のハーセは、私生活では第一子である長女を亡くしたばかりだった。長女は二歳半に満たず、死因はジフテリアだった。予防接種がまだ広く行われていなかった時代である。このときハーセは、後年の著作の中にある言葉を借りるならば「なんらかの方法で、生きることをふたたび学ばなければならなかった」

ハーセにとってその方法とは、書くことに他ならない。それはすなわち、ハーセが幼少期よりずっと続けてきた作業である。そしてある日、自分の意識を執筆に集中させようとペンを執り、物語の冒頭の一文を書き綴《つづ》った。

「ウールフは、ぼくの友だちだった」

こうしてハーセは、物語を紡《つむ》ぐ作業に没頭した。

『ウールフ、黒い湖』

「ウールフは、ぼくの友だちだった」は、言いかえれば、ハーセ自身にとって「東インドは、わたしの友だちだった」であり、二週間ほどで書き上げたというこの小説には、オランダ植民地支配下の東インドで過ごした少女時代にはなんの疑問も抱くことがなかった現地の社会状況、現地人たちへの贖罪の意識もこめられている。無名の一人称の主人公は、ハーセのように東インドを心の原風景として持つすべての白人《トト》オランダ人《ク》の代名詞であり、また、物語の真の主人公は〈ウールフ〉である。作中にもあるように、友だちだと思っていたがその実少しも理解していなかった（と白人の〈ぼく〉が認める）〈ウールフ〉は、深さを測ることができなかった〈黒い湖《タラガ・ヒドウン》〉であり、あらゆる事柄が〈オランダ領東インド〉というメタファーを孕んでいる。ウールフのモデルとなった実在の人物はいない。ウールフという名称も、当時のハーセの頭の中に自然と浮かんだものだったという。執筆時には再読したわけでもなく、筋もまったく違ってはいたが、ハーセはかつてジャワで過ごした少女時代に創作した民話風の物語『魔法の鳥（De tovervogel）』のことを思い出しながらこの小説を執筆した。

それは、村《デサ》に住む先住民の少年とその父親を登場人物とする話であり、プロト・ウールフはその架空の先住民の少年であるという。『魔法の鳥』は、後に二〇〇四年、当時のベアトリクス女王より授与された〈オランダ文学賞〉受賞の際、クエリドより刊行された記念誌『ウールフ〈あるはじまり〉（Oeroeg-een begin）』の中に、その全文（欠損ページあり）が収録されている。

なお、本書に収録した二〇〇九年版のための原作者ハーセのあとがきには、本作執筆当時はただひたすら無我夢中に書き綴っていた小説の意味がずっと後年になってからようやく腑に落ちたことや、主人公の無二の友である東インドの現地少年に名づけた〈ウールフ〉という語そのものが、実はハーセ自身の内面に不思議な響きの現地語として潜在的にあった記憶が無意識のうちに脳裏に甦《よみがえ》ったのかもしれず、それが後の著作『茶畑の紳士たち（*Heren van de thee*）』（一九九二年刊、後述）とまるで運命に導かれるかのようにして繫がっていたことが記されている。

『ウールフ、黒い湖』は、一九四八年のオランダ全国読書週間のために執筆された。この読書週間には、直訳すると〈読書週間のプレゼント〉という名称で呼ばれる、同週間のために書き下ろされた刊行物が一冊、発行される。それはほとんどの場合、中篇小説である。期間中、書店で一定額以上の書籍を購入すると、この、いわばその年の読書週間の〈文学の贈り物〉が一冊、読者へのプレゼントとしてもれなくついてくる仕組みとなっている。その額は、本作が〈文学の贈り物〉となった一九四八年当時は三・五ギルダーであり、二〇一七年現在では十二・五ユーロ、円に換算すると約千五百円ほどである。オランダ全国読書週間および〈文学の贈り物〉の伝統は一九三二年から始まり、第二次世界大戦中にナチスドイツ占領下だった一九四一年から四五年まで途絶えた一時期を除き、二十一世紀の現在まで続いている。

現在の読書週間の〈文学の贈り物〉の執筆者については、オランダ図書推進委員会という財団組織が一年ほど前に協議し、依頼を受けた作家が書き下ろすことになっているが、本作が執筆された一九四八年の場合には、一般公募で寄せられた約二十作の中から『ウールフ、黒い湖』が選ばれ、刊行された。刊行当初は作者名が印刷されておらず、読者は書籍巻末に列記された作家名リストからこの物語の作者を予想し、巻末についているハガキにその名を記入して委員会宛てに送るという、一種の作者当てクイズのようなものとなっていた。このクイズへの読者からのハガキ応募は二万四千通、そのうち、ハーセが作者だと正解したのは六百七十二通だったそうだ。訳者が所蔵しているこの単行本には、正解者の中から三名に百ギルダー分の図書券を、五十名に書籍をプレゼントとする旨が記されている。オランダ全国読書週間の〈文学の贈り物〉をこのような形で刊行したのは、戦後に同週間が再開されてから一九六〇年ごろまでの間に十回ほどあった。

今まで刊行されたこの種の著作のうち、本作以外に邦訳されているのは、セース・ノーテボームが執筆した一九九一年の作品のみである（鴻巣友季子訳『これから話す物語』一九九六年、新潮社刊）。ちなみに、ハーセは、一九四八年の本作を含め、一九五九年、一九九四年と、生涯で三度、読書週間のために作品を執筆したこれまで唯一の作家である。

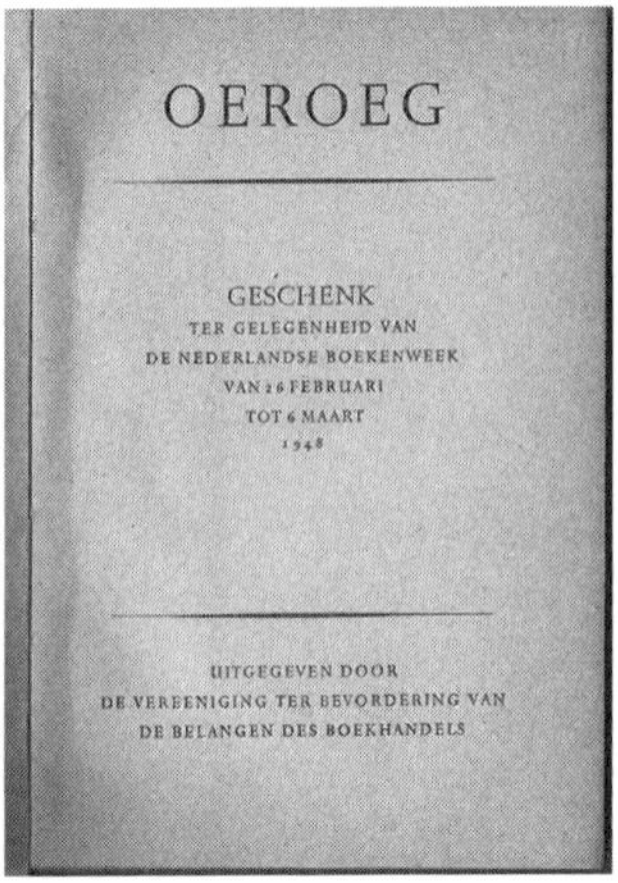

初版には作者名は入っていない。

訳者所蔵の1948年初版の表紙。

当時の読者のみならず、インドネシア独立後の一九五〇年以降には、過去の植民地との関係を見つめ直すことを方針のひとつとしていた学校教育の場でも、この作品が高校の卒業試験（オランダでは実質的な大学入学許可認定試験）で口頭試問の課題とされていた時期があり、少年少女に広く読まれた。在オランダの訳者の周囲のオランダ人の知人・友人の中にもこの試験の経験者が多い。

　本作は今日でもなお重版が続いている。執筆から六十年以上経った二〇〇九年には、秋の全国読書週間の「今年の珠玉の名作クラシック」として全国の公共図書館で無料配布され（計九十二万三千部）、ふたたび幅広く読まれた。一九九三年には映画化もされている（日本では未公開）。映画は、原作の内容を映像で忠実に描き出すというよりも、そこから始まる物語、つまり本作を出発点とするストーリーを展開しており、主人公やウールフ、またリダのその後が描かれ、原作中のさまざまなエピソードは過去の回想シーンとしてところどころに嵌《は》めこまれている。

ハーセが逝去した一年後の二〇一二年には、舞台化もされた。教育機関や図書館の文芸プロジェクトでは、この作品をテーマにしたショートフィルムの自主制作や、旧植民地や人種差別を考えるディスカッションも行われている。旧植民地で生まれ育った白人少年と現地少年の友情と別離を描き、読者に問いかけるように終わるこの作品は、オランダの東インド植民地《コロニアル》文学とポスト・コロニアル文学とのちょうど境目に当たる時期に書かれ、オランダ文学史上においても、きわめて重要な位置づけとなっている。

こうして上梓された『ウールフ、黒い湖』は、当時の社会状況とも相まって大きな反響を呼び、大ブレイクした。ハーセ本人も驚いたほどだったという。しかし、作者が（新進の女性作家であると）明らかになると、フィクションであるにもかかわらず、

初版本にサインをするハーセ。1948年。オランダ報道通信社撮影、オランダ文学館所蔵。

東インド系オランダ人作家やジャーナリスト（いずれも男性）の中には、激しい批判を浴びせる者も現われた。以降のハーセ作品には見られなかった種類の反応だった。おそらく、彼らが創作の物語に対してですら過剰に攻撃的な反応を示したのは、オランダが東インドという植民地を喪失するのをひじょうに怖れていたがため、また自分自身の体験とは異なる物語だったからだろうと、ハーセは後年冷静に分析している。いずれにせよ、『ウールフ、黒い湖』は膨大な読者を得、各家庭に一冊は必ずあると言われたほどだった。この作品は、これまで十二カ国語に翻訳されており、版元のクエリドによれば、今後もさらに他言語に翻訳される予定であるという。

大作家への道

ハーセが『ウールフ、黒い湖』以前にも執筆活動を開始していたのは前述のとおりだが、その中に『女にも衣装（*Kleren maken de vrouw*）』（一九四三年から翌年にかけて執筆、一九四七年刊）という青春小説風の一作がある。これは、当時としてはかなり高額な原稿料で依頼を受けた作品であり、テーマも予め決まっていた。

同作は、植民地東インドに題材をとった『ウールフ、黒い湖』とはまったく趣《おもむき》を異にしており、服飾デザイナーを目指して修業中の若き女性を主人公とするお洒落《しゃれ》な物語で、（日本のサブカルチャーに親しみつつ育った訳者にとっては）どこか日本の少女マンガやドラマにも通じるものが感じられ、若きハーセがこのころすでに豊かな創作力を備えていたことが窺《うかが》える。また、この作品に登場するさまざまな小道具からは、執筆当時のハーセが演劇の世界に身を置いていたことも読み取れる。同作は、ハーセ没後の二〇一三年に復刊された。

このほかにも、ハーセには戦中戦後のきわめて困難な時期に書きためていた原稿があった。そして、『ウールフ、黒い湖』が大ベストセラーとなって以降、ハーセは堰を切ったように大作を次々と生み出し、大作家への道を歩み始める。

ハーセは、旧オランダ領東インドと自分との関係、自分のアイデンティティを終生考え続けた。東インド関連であれ、歴史あるいは現代小説であれ、作品の中でも、その登場人物たちの多くがアイデンティティを探し求めている。

生まれ育った熱帯の南国は、実はオランダ領東インドという植民地であり、子どもだった自分はなにも知らずにそこで暮らしていた。そして、インドネシア独立後には生まれ故郷は手の届かない遠い地となってしまった。また、自分はオランダ人であることには違いないがオランダの（それも居住地としたアムステルダムやハーグのある南北ホラント州の）オランダ人ではなく、東インドのオランダ人であり、外見は白人でも内面は（本来の意味においての）クレオールであると公言していた。ハーセは東インドをこよなく愛していたが、同時に、植民地支配下の東インドで（無邪気に）暮らしたという過去は、生涯大きなトラウマにもなった。

ハーセのように、戦前の東インドで暮らし、戦後本国で作家となった、かつての白人《トトク》オランダ人、欧亜混血《インド》と呼ばれるオランダ人も少なくない。中には、旧日本軍捕虜収容所で過ごした体験を持っていたり、そこで肉親を亡くしたりした作家もいる。文学研究の分野では、旧オランダ領東インドをめぐる一連の戦後の文芸作品を「東インドのポスト・コロニアル文学」というジャンルに分類している。戦前までの熱帯の異国情緒をそそる東インド植民地《コロニアル》文学とは異なり、どの作家も、遠く十七世紀からの祖先たちの東インド入植・支配の歴史を踏まえながらも、戦争中の捕虜収容所体験など、それぞれのトラウマを抱えながら作品を執筆している。旧オランダ領東インド、旧日本軍による占領時代をめぐる主張や見解の相違から、作家どうしの大論争が巻き起こったこともある。

　現代の日本でいったいどの程度のことが知られているか、訳者には不明だが、少なくとも訳者自身が日本で受けた戦後の歴史教育の中で、第二次世界大戦中の旧日本軍が旧東インド（蘭印）でした行い、また終戦直後からのインドネシア独立戦争の際のこと、あるいは過酷な敗走、あるいは現地の混乱をなんとかくぐり抜け生き残った後もさらに現地に留まって同国独立に協力した旧日本兵たちのことなどについて、わずかにでも学んだ記憶はない。この戦争の開戦について語られるとき、日本では今も一九四一年十二月八日のハワイ真珠湾の奇襲攻撃ばかりに焦点が当てられるが、実は、旧日本軍の戦略としては、南方マレー方面への侵攻も同時進行だったのであり、真珠湾への奇襲の一時間ほど前に英領マレー半島に不意打ち上陸を決行していたこと、さらに翌一九四二年三月に旧日本軍によって旧オランダ領東インドが占領された後には、同軍による捕虜収容所に多数のオランダ人が捕らわれ、強制労働あるいは食料不足による飢餓や病気の蔓延によって実に多くの命が失われたことなどは、訳者の場合、オランダに暮らすようになってからはじめて知った。毎年日本で八月十五日に戦没者追悼式が行われるその同じ日には、オランダでも旧東インドで亡くなったオランダ国民のための戦没者追悼式が行われている。つまり、これはどこか遠くの南国で起きた、日本と関わりのない出来事なのではまったくないということをあえて記しておきたい。

ちなみに、大島渚監督の映画『戦場のメリークリスマス』（一九八三年公開）の原作となったのは、南アフリカで生まれ育ったオランダ人、いわゆるアフリカーナーで、後に英国の政治顧問となったサー・ローレンス・ヴァン・デル・ポストによる、ジャワ島の旧日本軍捕虜収容所での体験記である。

日本の外務省では、このような捕虜体験を持つオランダの民間人二十名弱を毎年日本に招聘するプログラム（現名称「日蘭平和交流事業」）を十年以上にわたり実施しており、これまでに六百名以上の方々が訪日している。これは、広島、長崎という原爆の被爆地や、水巻のような国内の旧捕虜収容所を含む日本の諸都市を見学したり、大学生たちと交流してともに平和を考える場を設けたりする、いわば和解のためのプロジェクトである。訳者の周囲にも同事業を通じ、老年になって生涯で初めて訪日したオランダの知人がそれなりにおり、話を聞くことがあるが、それぞれ特別な体験となっているようである。いずれにせよ、残念な過去を忘れないと同時に歩み寄り、ともに考え続けるのが大切であることに間違いはない。

戦後のオランダにおいて東インド関係者どうしの対立を見るにつけ、ハーセは悲しんでいた。肌の色が白かろうが褐色であろうが、また、各々異なった立場にあろうが、みな東インドのオランダ人だった体験を持つことに変わりはないはずであるのに、批判しあい、不毛な議論に終始するのではお互いを理解しあうことができず、残念だと考えていた。

どんなときにも、常に〈書くこと、物語を作ること〉であらゆる困難を乗り越えていたハーセは、『ウールフ、黒い湖』以降にも東インドを題材とした作品を数作執筆している。以下に各作品の簡単な紹介、および本作との関連を記す。

『リダブアヤ（Lidah boeaja）』（短篇小説、一九四八年執筆、一九七〇年に刊行された自伝的エッセイに収録）

タイトルは「ワニの舌」の意。マレー語でアロエベラのこと。

名古屋で見合い結婚し、東インド現地で理髪店を営む日本人男性である山田の妻となってバタヴィアで暮らす日本女性あさま（旧姓）えつが主人公。異国のその借家の庭には、人間の大きさほどある巨大なワニの舌《リダブアヤ》（アロエベラ）が生えている。隣家に住む大家の現地人寡婦マツラカと女友だちのノンはその葉液を洗髪に用いるのだが、繊細な日本庭園を恋しく思うえつは、鋸《のこぎり》のような葉の多肉植物を取り去ってほしいとつねづね思っている。夫の山田が経営する理髪店はユーゲントスタイルで統一した洒落た佇まいだが、不思議なことに、そこに客の姿が見られることはほとんどない。山田の慇懃無礼な態度や妻のえつを女中のように扱う様子を快く思っていないマツラカとノンは、そんな日本人夫妻の日常を隣家から密かに窺っては噂話をしている。

物語は、真夜中に不審な物音で目を覚ましたマツラカとノンが音の正体を想像するところで終わる。きっと、ついにワニの舌《リダブアヤ》が切り倒されたのだ。でも、なぜこんな夜更けに？……これは、ハーセ自身が見聞きしていたという、戦前の現地に進出していた日本の雑貨店《トコ・ジュパン》や理髪店に日本人スパイが多かったことをヒントに執筆された。一九七〇年に自伝的エッセイ集の中に収録される形で発表されて以降、一九九三年の自伝的エッセイ、二〇〇六年のハーセ初の短篇集刊行の際にも再録されている。

日本の風物は『ウールフ、黒い湖』の作中にもわずかながら登場している。それは〈フジヤマ〉（13頁）や〈キモノ〉（18、67、86頁）などという言葉である。戦前のジャワで生まれ育ったハーセが、日本に行った経験もないのにもかかわらずそのような日本の事物を知っていたのは、ハーセが実際、現地の日本の雑貨店《トコ・ジュパン》に時おり立ち寄り、あるいはなにがしかを買い求めたりしたからでもあり、そのことは自伝的エッセイにも記されている。なお、作中にカタカナで記した〈キモノ〉は、現地のさまざまな（日本人以外の）人々が着用したきもの風の部屋着の総称のようなもので、必ずしも日本の概念に当てはまるものとは限らない。

『茶畑の紳士たち』（長篇歴史小説、一九九二年刊）
十九世紀末、プリアンガン山地に初めて茶の農園を開いた実在のオランダ人、ルドルフ・ケルクホーフエン（一八四八―一九一八）とその家族を描いた長篇歴史小説。
膨大に遺されていた当時の手紙や古文書を資料とし、事実に基づきながらハーセならではの手法で書かれた。なお、物語は作者ハーセ自身の誕生日（一九一八年二月二日）の前日で終わっている。つまりこれは、ハーセ自身が生まれる前の世代の東インド入植オランダ人たちのある一つの生きかたを見つめた作品でもある。ケルクホーフエンたちは、自ら汗を流し途轍もない労力を費やして原生林を開拓、ガンブンに茶農園を開いた。現在、かつてのその場所は国立インドネシア茶産業研究所となっている。
この作品は『黒い湖、ウールフ』以来、ハーセが四十余年ぶりにかつてのオランダ領東インドを題材として執筆した小説であり、刊行されるやたちまち版を重ね、大ベストセラーとなった。ハーセは、同作の刊行後に、執筆のために読んだ資料を整理していた際、ある手紙の中に書かれていた〈ウールフ〉という語を偶然発見した（132頁参照）。

『鍵穴（*Sleuteloog*）』（二〇〇二年刊）

ハーセ晩年（八十四歳）の中篇小説。この作品は『ウールフ、黒い湖』と対をなすものであり、同作はいわば大人の女性バージョンとなっている。同作執筆中、ハーセはずっと『ウールフ、黒い湖』のことを考えていたという。また、バタヴィアでの高校時代のハーセには、親しくしていたジャワ人の姉妹が実際におり、作中の登場人物を描く上で、着想のもととなった。

物語は、東インドで生まれ育ち、オランダで美術史家として長年を過ごした後、今は引退生活を送っている老オランダ女性ヘルマと歴史家だったその亡夫、そして少女時代には親しかったがまったく連絡の途絶えてしまった欧亜混血《インド》の女性をめぐり展開していく。ある日、ヘルマのもとに、ジャーナリストからある人物の行方を探しているという旨の手紙が届く。それはイスラム関連の政治活動に関わっていた女性で、手紙の中に書かれていたのは東欧系の名だが、その内容からヘルマにはかつて東インドで親しくしていたデーであることがわかる。些細な情報でも知らせてほしいというジャーナリストの依頼により、過去の糸をたぐり寄せるヘルマ。その胸にはさまざまな感情が去来、交錯する。親友だと思っていたデーは、実は白人《トトク》の自分を友人と見なしてはいなかったのだろうか？　また、亡き夫とデーとの関係は？　ヘルマが同地からオランダへ持ち帰り、「東インド」と名づけて呼ぶ木箱の鍵穴のまわりには、アラビア文字が装飾的に彫られている。木箱の中にはきっと手がかりとなる手紙類が入っているはずだが、鍵を失《な》くしたままで開けることができない。

本作は、『ウールフ、黒い湖』を執筆して以来五十年余を経て大作家となったハーセが、東インドの過去と今一度、さらに細やかに向き合って紡いだみごとな物語である。十七世紀オランダ東インド会社時代にルーツを持つ一族、その歴史、先住民族に伝わる死霊の話、イスラム教との関係など、興味深いエピソードも多く、大人の味わいに満ちている。物語の末尾では、鍵穴の周囲のアラビア文字が解読される。それは「汝《なんじ》が見聞きしたこと、汝が知っていると思ったこと、すべてはそう思っていただけに過ぎず、違うのだ」という、いにしえのペルシャの詩人アッタールの詩からの引用だった。

作中、『ウールフ、黒い湖』と同じように、日本や日本人もわずかに登場しており、意表を突かれるような結末となっているということを書き添えておきたい。なお、ハーセはこの作品を執筆することで、自らの東インドの過去から一歩踏み出し、自分の中にあった東インドという幻想を認めると同時に、もはや幻想を抱く必要はなくなったと述べている。

存在しない世界・自伝

ハーセが一九三八年にオランダに渡り定住して以降、独立後にインドネシア共和国となった生まれ故郷の土を踏んだのは、ほぼ三十年後の一九六九年のことだった。その後も二度ほどインドネシアを訪問し、旧バイテンゾルフのかつての住居やボゴール植物園、〈黒い湖《タラガ・ヒドウン》〉のモデルとなった〈タラガ・ワルナ〉などを再訪している。

最後に同地を訪問したのは、一九九二年、ジャカルタでのブックフェアに招聘された際である。三度のインドネシアへの旅については、それぞれ自伝的エッセイの中に記す形で後に書籍化されている。最後の訪問時、ハーセはようやく、エッセイ中から引用すると「〈自分の中の東インドの過去という〉臍の緒は断ち切られた」という心境に達した。

独立後四十余年を経たインドネシアでは、その熱帯の自然は昔と変わらないものの、都市部に少しは残っていた植民地時代のオランダの面影は極端に薄れるとともに、急激に近代化が進み、新たな国へと変容しつつあった。それを目の当たりにしながら、ハーセは静かに悟るようにして、東インドへのさまざまな思いにひとつの区切りをつけた。

二〇一一年八月、逝去直前のインタビューの中で、ハーセは次のような主旨のことを述べている。

「東インドのかつての写真や映像を見ると、いまなお胸にこみ上げるものがある。記憶の残像を慕うような郷愁から永遠に逃れられないのは厄介なことだ。わたしの体にはオランダ人の血が流れているが、心は混血なのである。これまで完全にオランダ人であったことはなく、また、そうあろうとも思わなかった。あそこで吸った空気、育った環境、つまり五感に染み込んだ東インドの自然がそうさせたのだ。太陽の光、雨など、ここ（オランダ）となんらの違いもないように思えても、かの地の光や雨は比べようがない。しかし、わたしは、（現在のインドネシアに）東インドが存在しないことを知っている。そこにはもうなにも残っていない。わたしはもはや存在しない世界から来た者であり、その世界も実はこの世にはない世界として存在していたものなのだ」

ハーセの自伝的エッセイは、『絵合わせの自画像（*Zelfportret als legkaart*）』（一九五四年刊）を初めとして何作もある。この種の著作には、東インドに関する事柄のほかにも、驚くべき家族の秘密が書かれていたりと、私小説的な構成となっているものが多い。

ハーセ家には、父親にも母親にも、実は出生の秘密があった。父親の実父が不明であったことは、一九五五年の父親の没後、遺品整理をしていて初めて判明した。母方のドイツ人の祖母は最初の夫とフランクフルトで暮らしていたが、ハーセの母親を含む三姉妹を連れ子として、二度目の夫であるオランダ人と駆け落ち同然にオランダで再婚した。その次女であるハーセの母親だけは父親が異なっており、実の父親は再婚したオランダ人（つまりハーセの祖父）だった。ハーセはそれを一九七九年、自身が六十一歳のときに老母から打ち明けられた。

また、ハーセ夫妻がパリ近郊に移住していた一九八二年には、異母妹、すなわち父親がかつて東インド現地の女性との間になした女児の存在が判明し、その女性とハーセとは、フランスで一期一会の時間を過ごした。

どれも衝撃的な事実だった。もとより歴史に興味のあったハーセは、歴史小説執筆のために古文書や手紙を資料としてリサーチすることも多かったが、自伝的エッセイでも一族の過去を遡り、その秘密と繊細かつ冷静に対峙し、綴っている。

オランダ文学界のグランド・オールド・レディー

東インドを題材とした小説が高く評価されたと同時に、ハーセといえばまず第一に、壮大な長篇歴史小説の数々を思い浮かべるオランダの読者もひじょうに多い。ある歴史小説関連の文芸雑誌上では、ウンベルト・エーコ以前、最大の書き手だったという評価もあった。

ハーセが歴史小説の題材として扱った人物は、詩人だった中世のオルレアン公シャルル一世、十六世紀ローマのジョヴァンニ・ボルジア、四世紀末のクラウディアヌスなどで、少女期から抱き続けた歴史への興味はここに結実している。オランダの歴史上の人物についての著作も多い。また、十八世紀フランスの小説であるラクロ『危険な関係』の結末に、凋落したメルトゥユ侯爵夫人が人目を忍ぶようにフランス国外へ逃亡し「オランダ方面へ向かった」とあるのに触発され、ハーセは独特かつ興味深い手法でオランダを舞台にその続きとなる小説を執筆している。

現代小説の題材も多種多様である。女性と結婚、家庭、社会とのかかわりを深く掘り下げながら考察し、物語を書くことも多かった。私生活では、夫は法廷での仕事に忙しく、二人の子どもを育てながら、ハーセにしてみればけっして思うようにいっていたわけではない結婚だったが、離婚はまったく考えになかった。夫は、自分がどうしようもなく孤独な時期にめぐり合った伴侶であり、多少の困難は人間として成長していくための糧と考えて結婚生活を営んでいた。ハーセは、お伽話《とぎばなし》のように「末永く幸せに」暮らせるわけではない日々、さまざまに行き交う自己の思いも作品中に投影しながら執筆していた作家であるとも言える。概して、小説家の内面にはいくつもの自我や人格が存在し、それは作品中の登場人物たちにあたかも憑依したかのようにそれぞれが異なる思考をして、動き出す。ハーセはその幾多の声の一つ一つに耳をすましながら物語を紡いでいた。

女性の側に立って作品を書くことは多かったが、ハーセは男性優位社会に敢然と立ち向かうタイプのフェミニストというわけではなかった。一九六〇年代に女性の権利が盛んに叫ばれていたころ、ハーセはすでに中年を過ぎており、むしろそれよりもずっと以前に、ジェーン・オースティンやジョルジュ・サンド、ブロンテ姉妹、エミリー・ディキンソン、エリザベス・バレット・ブラウニング、ヴァージニア・ウルフやボーボワール、コレットなど膨大な数の女流作家、詩人の作品を熟読し、自分なりに女性としての考え方や姿勢を確立していた。同僚や後輩の女流作家たちを支える役わりを担うことはあったが、自ら率先して行動を起こすようなことは一切しなかった。それは主に、もともと闘争や攻撃を好まないハーセの性質によるものであったというだけのことであり、女性の生活や女流作家たち、そしてその作品には常に目を向け、社会の動向を見守り続けていた。ハーセのよき読者、理解者たちはそれを知っていた。

　ハーセは、自分の作品を執筆するかたわら、新旧を問わず国内外の文学を実によく読んでいた。外国文学は、英・仏・独語ならば難なく原語で読んだ。一九六五年から二〇〇五年までに執筆した文芸評論をまとめた書籍も刊行されている。その中で取り上げられているのは、ムルタトゥリ、ルイ・クペールスなどの東インド文学の先達たちや同分野の同世代の作家や作品、外国文学では、エリアス・カネッティ、ヴィトルド・ゴンブローヴィッチ、アイリス・マードックなど、また、同世代の小説家、たとえば戦後オランダ三大作家の一人であるＷ・Ｆ・ヘルマンス、さらに少し後の作家たちなど多岐に渡っており、ここでもハーセの多様性と視野の広さに目を瞠《みは》るばかりである。二〇一四年刊行のハーセの評伝には、晩年のハーセがどのような作家の小説を読み、なにを思いあるいは考察したかなどについても記されていて興味深い。

ハーセはどの文芸潮流にも属さず、センセーショナルな社会事象や暴力、性などを読者の目を引くようなあからさまな手法で書くことはしなかった。ただ、心から書きたいと思ったことを書きたいように書き、自らの考えをすべて自身の作品の中に反映させた結果、そうなったというだけである。ひたすらわが道を歩んだ作家だった。そのようにして、ひじょうに多様性に富む、ハーセ独特の魅力的な文学世界を築いていった。

戦後オランダ文壇には、三大作家と呼ばれる（いずれも男性）作家たちがいたが、ハーセはそのような作家たちとは別に（しかも対立するのではなく、むしろ先に挙げたヘルマンスとはよき交友もあった）、少し離れた場所に大きな光を放つ、オランダ文学界の巨星となった。ハーセ本人はそう呼ばれるのを好んではいなかったが、オランダ文壇では最大の敬意をこめて、晩年のハーセを〈オランダ文学界のグランド・オールド・レディー〉と称していた。

二〇一一年の逝去直前の夏に組まれたオランダ某誌によるインタビューで、ハーセはこれまでの執筆活動を振り返り、幸福な作家人生だったと述べている。二〇〇八年に長く病気だった夫を自宅で看取って以降、体力の衰えの著しかったハーセは、九月にしばらく寝ついた後、家族や近しい者たちに囲まれつつ同月二十九日に九十三歳のその長い生涯を閉じた。記憶力は最後まで少しも衰えることはなかった。息を引き取るそのときまで、意識はすこぶる明瞭だったという。

アムステルダムの墓地に納められているハーセの骨壺《ウルン》には「ウールフは、ぼくの友だちだった」という本作の冒頭の一文が刻み込まれている。

なお、ハーセの作品は、先に挙げた初期の作品の復刊をはじめ、没後も刊行が続いている。二〇一六年には、ハーセ夫妻が一九八〇年代よりほぼ十年にわたりフランスのパリ近郊の町に移住している時期に執筆された『イルンディーナ（*Irundina*）』が刊行されている。これは、当時ハーセ宅に家事手伝いに通ってきていた貧しいポルトガル人移民少女の身の上話をもとに、創作ではなく事実に基づいて執筆しており、フランスにおいての出稼ぎ移民の実態を垣間見ることもできる物語となっている。

おわりに

ヘラ・ハーセやこの作品を知ってから十年近くになる。それは、訳者が遅ればせながらオランダ文学の翻訳を志し、在住市にある大学で社会人学生としてオランダ文学史を学んでいたときのことだった。講義を担当されていたライデン大学オランダ学科の当時の学科長、オラフ・プラームストラ教授が東インド文学の専門家だったことは後に知った。教授には、本作の翻訳を手がけることになった旨をご報告に伺い、現地の事物など、訳者の不明な事柄についてご教示もいただいた。同教授に感謝したい。

東インド関連の事柄については、元日蘭学会常務理事のヴィレム・レメリンク博士、またインドネシア研究者の我妻（旧姓相澤）里沙氏にもご教示いただいた。インドネシア文学、とりわけスンダ語・スンダ文学の専門家である南山大学の森山幹弘教授は、作中に登場するスンダ語のカタカナ表記やその他の関連事項について、貴重かつ多くの助言をくださり、また、それを訳稿中に生かす方法まで親身になってともに考えてくださった。この場を借りて厚くお礼を申し上げます。

オランダ語で書かれた植民地文学《コロニアル》のうち〈東インド文学〉〈Indische Letteren〉と呼ばれる分野の作品には、現地特有の事物や事柄を指すマレー語、スンダ語などの語句を意識的にオランダ語の原文に取りこんでいるものが多い。ハーセの作品にも見られるそのような箇所は、翻訳するにあたり読者にもなるべくそれとわかるよう、残したつもりである。手法としてはルビも大いに活用した。その際、金子光晴『マレー蘭印紀行』、『西ひがし』（どちらも中公文庫）などにある、南洋の旅行記が大変参考になった。ほかにも、当時のオランダと日本との関係や現地在住の日本人についての興味深い記述もあり、そもそもこの詩人の文章そのものがなんとも魅惑的である。

本作の邦訳刊行をご支援いただいたオランダ文学基金（本部アムステルダム）、そして、今回同基金を通じて大変お世話になった文芸翻訳家ルック・ファン＝ハウテ氏に心から感謝を捧げたい。同氏は、日本語からオランダ語への文芸翻訳の第一人者のひとりであり、訳稿にていねいに目を通し、熟練した翻訳家の立場から数々の貴重なアドバイスをくださった。

内容面で気になった部分は、英・仏・独語訳もそれぞれ参考にした。どれもオランダ語から直《じか》に翻訳されている。その他、至らぬ点があるとすれば（あるに違いないが）、それはすべて訳者の責任である。

邦訳されているオランダの東インド文学はほとんどない。これまでのところ、完全に植民地時代《コロニアル》の文学としては、ムルタトゥリ（本名エドゥアルト・ダウエス＝デッケル）『マックス・ハーフェラール』（一八六〇年刊）という小説が、日本で翻訳出版されている唯一のものである。これは、オランダ政府の植民地政策である強制栽培制度により、東インドの一般先住民が過酷に搾取されていることを告発した作品である。当然のことながら、この分野の重要な作家はほかにも多々おり、また、ムルタトゥリ一人をとってみても、同作以外に膨大な数の著作がある。旧オランダ領東インド植民地についての評論やエッセイ、第二次世界大戦中の旧日本軍捕虜収容所の個人的な体験記、それに関連したノンフィクション的な著作のいくらかは日本語で読めるが、純文学かつ文学的にきわめて高く評価されている戦後ポスト・コロニアル文学のフィクション、しかもロングセラーの邦訳は、訳者の知るかぎり本作が初めてではないかと思う。執筆されて以来およそ七十年の長きにわたり、オランダの膨大な読者に読み継がれてきたこのハーセの物語を日本語で紹介する機会に恵まれ、心から嬉しく思うと同時に、訳者自身、学びに満ちた年月を送れたことにこの上なく感謝している。

旧オランダ領東インドについて、また、インドネシア独立をめぐってのオランダ、インドネシア、そして日本との間に生じた歴史的・政治的関係は、到底この場で説明し得るような種類の事柄ではない。本書の担当編集者である作品社の青木誠也氏は、第二次世界大戦終結後も南方から帰国せず、インドネシア独立を支援する道を選んだ多くの日本兵についての著作をかつて編集されている。氏がオランダからの視点で書かれたこのハーセの作品を編集される以前に、インドネシア独立戦争をめぐる各国間の複雑な事情を詳しくご存知だったということに、訳者は常にどこか安心感のようなものを抱いていた。深謝。

ライデン大学エイリオン財団および同財団理事長イフォ・シュミッツ教授にも多大なご助力をいただいた。装幀に用いた二画像は、同大付属図書館の司書ナディア・クレーフト氏経由で貴重資料デジタルライブラリー部署のラム・ゴ氏よりご提供いただいた。深く感謝したい。また、在東京オランダ大使館にもさまざまな面でご助力いただいた。心よりお礼を申し上げます。

個人的に、某ソーシャルネット上の交流にも感謝している。それは、二〇一四年上半期に放映された翻訳家を主人公とするドラマを機に、翻訳家K先生を中心として立ち上げられた承認制グループでのやり取りだった。当時すでにオランダの国民的大作家ハーセの作品を抱え四苦八苦していた訳者は、そこでの聡明かつ活気溢れる会話になにかと勇気づけられた。あれからすでに三年の月日が経っているが、いまだ交流は続いている。その間、出版の確証もないまま亀のように歩み続けた日々を、訳者はいつまでも忘れないだろうと思う。ここに、刊行をご報告申し上げるとともに心から感謝いたします。

訳者のかけがえのない二人の家族、夫の國森正文、息子の潮音《しおね》は、それぞれ長年大学でオランダ人学生に日本語を教えてきた、あるいは目下学業のかたわら翻訳・通訳の仕事をしている面々でもある。両名は、翻訳作業以外の雑事をなにくれとなく手助けしてくれ、文字通り、縁の下の力持ちだった。夫は国語の専門家としても常によきアドバイスをくれ、支えてくれた。癒し係の愛猫ミルテの存在もありがたかった。どんなときでも、ただそこにいるというだけで心が安らいだ。

このような家庭内サポート（猫は無意識？）にもひじょうに感謝している。

これでようやくハーセを日本に紹介することができます。ありがとう。

二〇一七年九月二十九日、ハーセの命日に、

オランダ・ライデンの自宅にて　國森由美子

【著者・訳者略歴】

ヘラ・S・ハーセ（Hella S. Haasse）

1918年2月2日、旧オランダ領東インド・バタヴィア（現インドネシア共和国ジャカルタ）生まれ。父親の仕事の関係で20歳までを同地で過ごす。1938年、大学進学のため単身オランダへ渡り、アムステルダムで生活を開始。翌年第二次世界大戦が勃発、1940年5月からはナチスドイツ占領下となった同地で暮らしつつ、演劇を学び、さまざまな文芸活動を始めた。戦後1948年のオランダ全国読書週間の際に刊行された本作『ウールフ、黒い湖』が大反響を呼び、新進作家ハーセの名はオランダ国内に一気に知れ渡った。その後60余年に及ぶ長い作家生活の中で、劇作、詩作も含め、長篇歴史小説、少女時代を過ごした東インドを題材とした小説や現代小説、自伝的エッセイ、文芸評論を多数執筆、戦後オランダ文学を代表する文豪となった。1992年、〈国家芸術文化栄誉勲章〉叙勲、2004年にはオランダ語圏の文学における最高の栄誉である〈オランダ文学賞〉を受賞。他言語への翻訳の最も多いオランダ作家として国際的にも高く評価されており、特にフランスでは〈芸術文化勲章〉を二度にわたり（1995年オフィシエ、2000年コマンドゥール）叙勲。また、ユトレヒト大学、ベルギーのルーヴェン大学両文学部からは名誉教授として迎えられた。2011年9月29日、アムステルダムの自宅にて永眠。享年93。

國森由美子（くにもり・ゆみこ）

東京生まれ。桐朋学園大学音楽学部を卒業後、オランダ政府奨学生として渡蘭、王立ハーグ音楽院およびベルギー王立ブリュッセル音楽院にて学び、演奏家ディプロマを取得して卒業。以後、長年に渡りライデンに在住し、音楽活動、日本のメディア向けの記事執筆、オランダ語翻訳・通訳、日本文化関連のレクチャー、ワークショップなどを行っている。ライデン日本博物館シーボルトハウス公認ガイド。

【装画】
カヴァー：フランツ・ユングフーン〈ジャワアルバム〉より
「タラガ・パトゥンガン」
表紙：ジャワ島地図（1928年）
ライデン大学付属図書館貴重資料デジタルライブラリー提供

ウールフ、黒い湖

2017年11月25日初版第1刷印刷
2017年11月30日初版第1刷発行

著　者　ヘラ・S・ハーセ
訳　者　國森由美子
発行者　和田肇
発行所　株式会社作品社
〒102-0072　東京都千代田区飯田橋2-7-4
TEL.03-3262-9753　FAX.03-3262-9757
http://www.sakuhinsha.com
振替口座00160-3-27183

装　幀　水崎真奈美（BOTANICA）
本文組版　前田奈々
編集担当　青木誠也
印刷・製本　シナノ印刷株式会社

ISBN978-4-86182-668-9 C0097

【作品社の本】

密告者

フアン・ガブリエル・バスケス著　服部綾乃・石川隆介訳

「あの時代、私たちは誰もが恐ろしい力を持っていた——」名士である実父による著書への激越な批判、その父の病と交通事故での死、愛人の告発、昔馴染みの女性の証言、そして彼が密告した家族の生き残りとの時を越えた対話……。父親の隠された真の姿への探求の果てに、第二次大戦下の歴史の闇が浮かび上がる。マリオ・バルガス＝リョサが激賞するコロンビアの気鋭による、あまりにも壮大な大長篇小説！　ISBN978-4-86182-643-6

誕生日

カルロス・フエンテス著　八重樫克彦、八重樫由貴子訳

過去でありながら、未来でもある混沌の現在＝螺旋状の時間。

家であり、町であり、一つの世界である場所＝流転する空間。

自分自身であり、同時に他の誰もである存在＝互換しうる私。

目眩《めくる》めく迷宮の小説！『アウラ』をも凌駕する、メキシコの文豪による神妙の傑作。


ISBN978-4-86182-403-6

逆さの十字架

マルコス・アギニス著　八重樫克彦、八重樫由貴子訳

アルゼンチン軍事独裁政権下で警察権力の暴虐と教会の硬直化を激しく批判して発禁処分、しかしスペインでラテンアメリカ出身作家として初めてプラネータ賞を受賞。

欧州・南米を震撼させた、アルゼンチン現代文学の巨人マルコス・アギニスのデビュー作にして最大のベストセラー、待望の邦訳！　ISBN978-4-86182-332-9

天啓を受けた者ども

マルコス・アギニス著　八重樫克彦、八重樫由貴子訳

合衆国南部のキリスト教原理主義組織と、中南米一円にはびこる麻薬ビジネスの陰謀。アメリカ政府と手を結んだ、南米軍事政権の恐怖。

アルゼンチン現代文学の巨人マルコス・アギニスの圧倒的大長篇。野谷文昭氏激賞！


ISBN978-4-86182-272-8

マラーノの武勲

マルコス・アギニス著　八重樫克彦、八重樫由貴子訳

「感動を呼び起こす自由への賛歌」——マリオ・バルガス＝リョサ絶賛！

16～17世紀、南米大陸におけるあまりにも苛烈なキリスト教会の異端審問と、命を賭してそれに抗したあるユダヤ教徒の生涯を、壮大無比のスケールで描き出す。アルゼンチン現代文学の巨匠アギニスの大長篇、本邦初訳！　ISBN978-4-86182-233-9

【作品社の本】

ほどける

エドウィージ・ダンティカ著　佐川愛子訳

双子の姉を交通事故で喪った、十六歳の少女。自らの半身というべき存在をなくした彼女は、家族や友人らの助けを得て、アイデンティティを立て直し、新たな歩みを始める。
全米が注目するハイチ系気鋭女性作家による、愛と抒情に満ちた物語。

ISBN978-4-86182-627-6

海の光のクレア

エドウィージ・ダンティカ著　佐川愛子訳

七歳の誕生日の夜、煌々と輝く満月の中、父の漁師小屋から消えた少女クレアは、どこへ行ったのか——。海辺の村のある一日の風景から、その土地に生きる人びとの記憶を織物のように描き出す。全米が注目するハイチ系気鋭女性作家による、最新にして最良の長篇小説。

ISBN978-4-86182-519-4

地震以前の私たち、地震以後の私たち
それぞれの記憶よ、語れ

エドウィージ・ダンティカ著　佐川愛子訳

ハイチに生を享け、アメリカに暮らす気鋭の女性作家が語る、母国への思い、芸術家の仕事の意義、ディアスポラとして生きる人々、そして、ハイチ大地震のこと——。
生命と魂と創造についての根源的な省察。カリブ文学OCMボーカス賞受賞作。

ISBN978-4-86182-450-0

骨狩りのとき

エドウィージ・ダンティカ著　佐川愛子訳

1937年、ドミニカ。姉妹同様に育った女主人には双子が産まれ、愛する男との結婚も間近。ささやかな充足に包まれて日々を暮らす彼女に訪れた、運命のとき。
全米注目のハイチ系気鋭女性作家による傑作長篇。アメリカン・ブックアワード受賞作！

ISBN978-4-86182-308-4

愛するものたちへ、別れのとき

エドウィージ・ダンティカ著　佐川愛子訳

アメリカの、ハイチ系気鋭作家が語る、母国の貧困と圧政に翻弄された少女時代。
愛する父と伯父の生と死。そして、新しい生命の誕生。感動の家族愛の物語。
全米批評家協会賞受賞作！

ISBN978-4-86182-268-1

【作品社の本】

蝶たちの時代　フリア・アルバレス著　青柳伸子訳

ドミニカ共和国反政府運動の象徴、ミラバル姉妹の生涯！

時の独裁者トルヒーリョへの抵抗運動の中心となり、命を落とした長女パトリア、三女ミネルバ、四女マリア・テレサと、ただひとり生き残った次女デデの四姉妹それぞれの視点から、その生い立ち、家族の絆、恋愛と結婚、そして闘いの行方までを濃密に描き出す、傑作長篇小説。全米批評家協会賞候補作、アメリカ国立芸術基金全国読書推進プログラム作品。

ISBN978-4-86182-405-0

ゴーストタウン　ロバート・クーヴァー著　上岡伸雄、馬籠清子訳

辺境の町に流れ着き、保安官となったカウボーイ。酒場の女性歌手に知らぬうちに求婚するが、町の荒くれ者たちをいつの間にやら敵に回して、命からがら町を出たものの——。書き割りのような西部劇の神話的世界を目まぐるしく飛び回り、力ずくで解体してその裏面を暴き出す、ポストモダン文学の巨人による空前絶後のパロディ！

ISBN978-4-86182-623-8

ようこそ、映画館へ　ロバート・クーヴァー著　越川芳明訳

西部劇、ミュージカル、チャップリン喜劇、『カサブランカ』、フィルム・ノワール、カートゥーン……。あらゆるジャンル映画を俎上に載せ、解体し、魅惑的に再構築する！

ポストモダン文学の巨人がラブレー顔負けの過激なブラックユーモアでおくる、映画館での一夜の連続上映と、ひとりの映写技師、そして観客の少女の奇妙な体験！

ISBN978-4-86182-587-3

ノワール　ロバート・クーヴァー著　上岡伸雄訳

“夜を連れて”現われたベール姿の魔性の女《ファム・ファタール》「未亡人」とは何者か!?

彼女に調査を依頼された街の大立者「ミスター・ビッグ」の正体は!?

そして「君」と名指される探偵フィリップ・M・ノワールの運命やいかに!?

ポストモダン文学の巨人による、フィルム・ノワール／ハードボイルド探偵小説の、アイロニカルで周到なパロディ！

ISBN978-4-86182-499-9

老ピノッキオ、ヴェネツィアに帰る

ロバート・クーヴァー著　斎藤兆史、上岡伸雄訳
晴れて人間となり、学問を修めて老境を迎えたピノッキオが、故郷ヴェネツィアでまたしても巻き起こす大騒動！　原作のオールスター・キャストでポストモダン文学の巨人が放つ、諧謔と知的刺激に満ち満ちた傑作長篇パロディ小説！
ISBN978-4-86182-399-2

【作品社の本】

老首長の国　ドリス・レッシング アフリカ小説集

ドリス・レッシング著　青柳伸子訳

自らが五歳から三十歳までを過ごしたアフリカの大地を舞台に、入植者と現地人との葛藤、古い入植者と新しい入植者の相克、巨大な自然を前にした人間の無力を、重厚な筆致で濃密に描き出す。ノーベル文学賞受賞作家の傑作小説集！　ISBN978-4-86182-180-6

ヤングスキンズ

コリン・バレット著　田栗美奈子・下林悠治訳

経済が崩壊し、人心が鬱屈したアイルランドの地方都市に暮らす無軌道な若者たちを、
繊細かつ暴力的な筆致で描きだす、ニューウェイブ文学の傑作。
世界が注目する新星のデビュー作！　ガーディアン・ファーストブック賞、ルーニー賞、フランク・オコナー国際短編賞受賞！　ISBN978-4-86182-647-4

孤児列車

クリスティナ・ベイカー・クライン著　田栗美奈子訳

91歳の老婦人が、17歳の不良少女に語った、あまりにも数奇な人生の物語。火事による一家の死、孤児としての過酷な少女時代、ようやく見つけた自分の居場所、長いあいだ想いつづけた相手との奇跡的な再会、そしてその結末……。

すべてを知ったとき、少女モリーが老婦人ヴィヴィアンのために取った行動とは――。

感動の輪が世界中に広がりつづけている、全米100万部突破の大ベストセラー小説！

ISBN978-4-86182-520-0

名もなき人たちのテーブル

マイケル・オンダーチェ著　田栗美奈子訳

わたしたちみんな、おとなになるまえに、おとなになったの――11歳の少年の、故国からイギリスへの3週間の船旅。それは彼らの人生を、大きく変えるものだった。仲間たちや個性豊かな同船客との交わり、従姉への淡い恋心、そして波瀾に満ちた航海の終わりを不穏に彩る謎の事件。映画『イングリッシュ・ペイシェント』原作作家が描き出す、せつなくも美しい冒険譚。　ISBN978-4-86182-449-4

ハニー・トラップ探偵社

ラナ・シトロン著　田栗美奈子訳

「エロかわ毒舌キュート！　ドジっ子女探偵の泣き笑い人生から目が離せません（しかもコブつき）」――岸本佐知子さん推薦。

スリルとサスペンス、ユーモアとロマンス――一粒で何度もおいしい、ハチャメチャだけど心温まる、とびっきりハッピーなエンターテインメント。　ISBN978-4-86182-348-0

【作品社の本】

タラバ、悪を滅ぼす者

ロバート・サウジー著　道家英穂訳

「おまえは天の意志を遂げるために選ばれたのだ。おまえの父の死と、一族皆殺しの復讐をするために」ワーズワス、コウルリッジと並ぶイギリス・ロマン派の桂冠詩人による、中東を舞台にしたゴシックロマンス。英国ファンタジーの原点とも言うべきエンターテインメント叙事詩、本邦初の完訳！【オリエンタリズムの実像を知る詳細な自註も訳出！】

ISBN978-4-86182-655-9

夢と幽霊の書

アンドルー・ラング著　ないとうふみこ訳　吉田篤弘巻末エッセイ

ルイス・キャロル、コナン・ドイルらが所属した心霊現象研究協会の会長による幽霊譚の古典、ロンドン留学中の夏目漱石が愛読し短篇小説の着想を得た名著、120年の時を越えて、待望の本邦初訳！

ISBN978-4-86182-650-4

ボルジア家

アレクサンドル・デュマ著　田房直子訳

教皇の座を手にし、アレクサンドル六世となるロドリーゴ、その息子にして大司教／枢機卿、武芸百般に秀でたチェーザレ、フェラーラ公妃となった奔放な娘ルクレツィア。一族の野望のためにイタリア全土を戦火の巷にたたき込んだ、ボルジア家の権謀と栄華と凋落の歳月を、文豪大デュマが描き出す！

ISBN978-4-86182-579-8

メアリー・スチュアート

アレクサンドル・デュマ著　田房直子訳

三度の不幸な結婚とたび重なる政争、十九年に及ぶ監禁生活の果てに、エリザベス一世に処刑されたスコットランド女王メアリー。悲劇の運命とカトリックの教えに殉じた、孤高の生と死。文豪大デュマの知られざる初期作品、本邦初訳。

ISBN978-4-86182-198-1

隅の老人【完全版】

バロネス・オルツィ著　平山雄一訳

元祖“安楽椅子探偵”にして、もっとも著名な“シャーロック・ホームズのライバル”。
世界ミステリ小説史上に燦然と輝く傑作「隅の老人」シリーズ。
原書単行本全3巻に未収録の幻の作品を新発見！　本邦初訳4篇、戦後初改訳7篇！
第1、第2短篇集収録作は初出誌から翻訳！　初出誌の挿絵90点収録！
シリーズ全38篇を網羅した、世界初の完全版1巻本全集！　詳細な訳者解説付。

ISBN978-4-86182-469-2

【作品社の本】

分解する

リディア・デイヴィス著　岸本佐知子訳

リディア・デイヴィスの記念すべき処女作品集！

「アメリカ文学の静かな巨人」のユニークな小説世界はここから始まった。

ISBN978-4-86182-582-8

サミュエル・ジョンソンが怒っている

リディア・デイヴィス著　岸本佐知子訳

これぞリディア・デイヴィスの真骨頂！

強靭な知性と鋭敏な感覚が生み出す、摩訶不思議な56の短編。

ISBN978-4-86182-548-4

話の終わり

リディア・デイヴィス著　岸本佐知子訳

年下の男との失われた愛の記憶を呼びさまし、それを小説に綴ろうとする女の情念を精緻きわまりない文章で描く。「アメリカ文学の静かな巨人」による傑作。待望の長編！

ISBN978-4-86182-305-3

ランペドゥーザ全小説

附・スタンダール論

ジュゼッペ・トマージ・ディ・ランペドゥーザ著　脇功、武谷なおみ訳

戦後イタリア文学にセンセーションを巻きおこしたシチリアの貴族作家、初の集大成！

ストレーガ賞受賞長編『山猫』、傑作短編「セイレーン」、回想録「幼年時代の想い出」等に加え、著者が敬愛するスタンダールへのオマージュを収録。

ISBN978-4-86182-487-6

被害者の娘

ロブリー・ウィルソン著　あいだひなの訳

同窓会出席のため、久しぶりに戻った郷里で遭遇した父親の殺人事件。

元兵士の夫を自殺で喪った過去を持つ女を翻弄する、苛烈な運命。

田舎町の因習と警察署長の陰謀の壁に阻まれて、迷走する捜査。

十五年の時を経て再会した男たちの愛憎の桎梏に、絡めとられる女。

亡き父の知られざる真の姿とは？　そして、像を結ばぬ犯人の正体は？

ISBN978-4-86182-214-8